相裕亭

／

著

微型小说名家系列

抬 鱼

TAI
YU

百花洲文艺出版社
BAIHUAZHOU LITERATURE AND ART PRESS

图书在版编目（CIP）数据

抬鱼 / 相裕亭著. -- 南昌：百花洲文艺出版社，2024. 10.

ISBN 978-7-5500-5735-7

Ⅰ. I247.82

中国国家版本馆CIP数据核字第202458LP24号

抬　鱼

相裕亭　著

出 版 人	陈　波	
总 策 划	张　越	
责任编辑	万思雨	
内文插图	张洪建	
书籍设计	方　方	
制　　作	周璐敏	
出版发行	百花洲文艺出版社	
社　　址	南昌市红谷滩区世贸路898号博能中心一期A座20楼	
邮　　编	330038	
经　　销	全国新华书店	
印　　刷	湖北金港彩印有限公司	
开　　本	889 mm×1194 mm　1/32　　印张　8.75	
版　　次	2024年10月第1版	
印　　次	2024年10月第1次印刷	
字　　数	180千字	
书　　号	ISBN 978-7-5500-5735-7	
定　　价	39.80元	

赣版权登字　05-2024-280

邮购联系　0791-86895108

网　　址　http://www.bhzwy.com

图书若有印装错误，影响阅读，可与承印厂联系调换。

目　录

口　碑

　　近门一个堂嫂的胳膊磕了。可能是骨折了，她自己说是磕断了。在镇上卫生院打了石膏，挂了吊臂。回到村上，她也没有在家好好休息几天，一早一晚地都在小街上赶狗唤鸡地走来晃去。大明子回乡时，堂嫂那事儿都已经过去一个多月了。大明子听娘那样一说，感觉还怪好玩呢，堂嫂那么大个人了，怎么赶羊到河坡下吃草时，还把自己的胳膊给磕了呢？

　　大明子在市里工作。

　　平日里，每隔两三个星期，大明子就会回乡来看望父母。有时，他还带着儿子来，或是带着城里的媳妇一起回来。

　　这一回，大明子快两个月没有回来了。组织上安排他到省城学习去了。中间，恰好赶上堂嫂的胳膊磕了。不知道内情的堂嫂，还认为大明子是故意躲着她呢。

　　按照常理，堂嫂的胳膊磕断了，大明子是该回来看望一下的。其他的几家近门妯娌，或割肉买鱼，或拎鸡送蛋，都来看过堂嫂了，唯独大明子夫妻俩躲在城里，好像堂嫂磕了胳膊那事儿，他们一点都不知道似的。

　　这回，大明子从城里回来，听娘那样一说，他还是来看望堂嫂了。

　　堂嫂呢，原本胳膊上的绷带都已经取下来了，看到大明子来

了，她又把那圈被她戴得灰乎乎的绷带套到脖子上，在大明子跟前走来晃去，显得她胳膊还没有痊愈似的。

大明子跟堂嫂开玩笑，说："哟！嫂子你这不成了王连举了吗？"

王连举是京剧《红灯记》里面的一个叛徒。那人出卖了身边同志，赶在日本人追击他的时候，自己往自己的胳膊上打了一枪，以取得日本人的信任。

堂嫂可不是那样的。堂嫂是在赶羊下河坡吃草的时候，一脚踩空，跌落到沟坎上，正好被一块石头给垫了一下子，当场就把胳膊给"垫折"了。

此番，大明子说堂嫂的胳膊像王连举，堂嫂笑盈盈地说："我若像王连举就好了，跟着鸠山去吃香的、喝辣的。"

堂嫂说的鸠山，同样是京剧《红灯记》里面的人物。不过，鸠山是日本宪兵队里面的小队长。

大明子说堂嫂："看你想三想四的，还想跟着鸠山叛国投敌呀！"

堂嫂说："我要有那个本事，就不跟你哥受这穷罪了。"

"嘛！我哥对你孬呀？天天挣钱给你花。"

堂嫂说："鬼了，你哥挣的钱都打了水漂了。"

大明子那堂哥是个石匠，准确一点说，是个乡间的瓦工小头头。一年四季，带着村上一帮子人修桥、铺路。冬闲时，也接手村上人家修建民宅的活儿。但修建民宅的活儿"油头"不大，乡里乡亲的，不好要价太高。给公家修桥、建堤坝的"虚头"倒是蛮大的，但公家的钱不好要。往往是新任领导不认前任领导的

"账"，弄得大明子那堂兄苦不堪言。堂嫂说堂哥挣的钱全都打了水漂了，大概就是指堂哥垫付公家工程款的事儿。当然，堂嫂那话，也是说给大明子听的——她故意在大明子跟前哭穷。

大明子可倒好，与堂嫂戏说了一番趣话后，就算是来看望过堂嫂了，嘻嘻哈哈地起身便走了。

这样一来，堂嫂可就不高兴了！

堂嫂明里暗里地翻出好些"旧账"，说大明子考上大学那会儿，她家小二子冬天连条棉裤都没有穿上，愣是给了他大明子二十块钱。那是十几年前了，那个时候的二十块钱，比现在的二百、三百还要多呢。再者，就是大明子媳妇在城里坐月子时，堂嫂这边是扯了六尺花布，送去了三十九个鸡蛋的。尽管那花布与鸡蛋，没有直接送到城里去，但都送到大明子母亲家里了。

眼下，堂嫂这边胳膊磕了，他个大明子，甩着两把"水萝卜"（空着两手），跑过来"水话"了一番，一个子儿都没有掏，拍拍屁股就走了。

"还是识文解字的人呢，人情世故都不懂一点儿！"

堂嫂那样气鼓鼓地跟堂哥说大明子的不是时，堂哥理都没理女人的那个茬儿。

在堂哥看来，女人家，屁大点儿的动静，都能当作炸雷一样去惊呼，他懒得跟女人去扯那闲篇子。

但过后，堂哥细细地想想，大明子那事情做得确实是有些不太对。你孬好也是城里"吃工资"的人，大老远地从城里跑回来，明知道你嫂子的胳膊磕了，咱家不要你的钱，你拎扎香蕉，或是称两斤苹果来总行吧！你个大明子，怎么空着两手就来了呢？但那话，堂哥是在自己心里说的，他没有像堂嫂那样，把埋怨的话，都挂在嘴上。

堂嫂可不管那些，她人前人后地说了大明子一些不懂礼数的话语。大明子在城里听不到。但大明子母亲与堂嫂家隔着一条巷子，大明子的母亲能听不到吗？

挨过了两个星期，大明子又从城里回来时，母亲便拐着弯儿劝说大明子，让他拎点礼物，去看看他堂嫂。

"嘛！我去看她什么？"

大明子没好说，堂嫂那胳膊早就好了。大明子甚至想说，上回他去堂嫂那里时，她胳膊上的绷带都解下来了，一见他大明子去了，那女人故意又把绷带吊在脖颈上，在他跟前晃来晃去，他才不理她那个荏呢。

这样说来，堂嫂那边自然就与大明子家生分了。

刚开始，堂嫂只是不到大明子家来串门了。后期，堂嫂在小街上与大明子母亲碰上走个对面时，她还故意把脸子撇到一边，去看旁边人家墙头上长势并不怎么旺盛的茅草，或是假装张望天空中飞舞的小燕子去了。弄得大明子母亲心里怪不是滋味呢。

可巧的是，在那期间，堂嫂家又发生了一件事情。堂哥在盐河口修水闸时，从高高的石垛子上跌下来，当场把大腿骨摔断了，拉到镇上卫生院。镇上卫生院的医生看他失血过多，建议转到县上，或到市里大医院去治疗。

这个时候，堂嫂自然想到在市里工作的大明子，当即打电话给大明子。

大明子听说堂哥伤得很严重，连夜找了朋友一辆车，把堂哥拉到市里第一人民医院，挂号、就诊，包括托人找值班的护士长要床位（床铺），前前后后忙活了大半夜，总算把堂哥的事情给安排妥当了。

转天，也就是堂哥的病情稳定下来以后，大明子想到前期堂嫂胳膊磕了时他没有"表示"，惹出了堂嫂很多话柄子。这一回，他就多掏一点儿，省得再让堂嫂说三道四的。正常情况下，像大明子与堂哥、堂嫂那样的关系，掏个三五百块钱也就可以了。可这一回，大明子一家伙掏了一千块钱给堂嫂。

原认为堂嫂该高兴了。没料想，堂嫂接到那钱以后，没等大明子走出病房，她便转过身来，冲着病床上的堂哥说："你看看，你们到底是一脉相承的兄弟！"

言外之意，她这个做嫂子的，过门都快三十年了，在他们兄弟的眼里，还像个外人一样，一个钱儿都不值。也就是说，当初她胳膊磕了，大明子是一个子儿都没有往外拿。而今，轮到他这堂哥躺到病床上了，人家一把就甩出了十张大票子。

堂嫂说那话时，眼圈还红了。不经意间，堂嫂的眼窝里，还滚出了几颗晶莹的泪蛋蛋。

估 堆

三十年前，我哥哥就与西巷的鼎书大爷一起捉鱼了。

那个时候，我哥哥也就三十岁出头，精力可旺盛了。他在县里化肥厂上班，下了大夜班回家也不休息，拎起渔网子，就跟鼎书大爷到庄前屋后的沟湾河汊子里去捉鱼。

鼎书大爷是我们家族里的大爷，关系很近的。他与我父亲是亲叔兄弟，比我父亲大一岁还是两岁。我们当面叫他大爷（伯伯的意思），背后连他的名字一起称呼上，叫他鼎书大爷。

我老家那个地方，称父亲同辈的兄弟为大爷或叔叔。对于比父亲年岁大的，叫"大爷"，不叫"大伯、二伯"，而是"大爷、二大爷、三大爷"。其间，为分辨清楚家族中不同的"大爷、二大爷、三大爷"，往往要在"大爷"的前面加上名字，譬如：鼎昌大爷、鼎北大爷、鼎书大爷。对于比父亲年岁小的同辈兄弟，我们也同书本上的称呼一样，叫叔叔。但同样要在"叔叔"的前面，加个"标识"。譬如：鼎山大叔、鼎海二叔、鼎湖五叔等等。

鼎书大爷住在我们家西边的巷子里，他家里小孩子多，挺穷的。在我的记忆里，从来没见他穿过一件新衣服，向来都是一身破旧的灰布衫。但他跟个老小孩一样，喜欢跟我哥哥一起捉鱼。

我哥哥比他小二十多岁呢？他没事的时候，背个粪筐庄前屋后地转悠，见到水塘子里有"鱼花"蹿动，他会往水里扔两块土

坷垃,试探一下是否有下网子的必要。他去的水域最多的地儿,应该是我们村西的小水坝。那里,一年四季都能捉到鱼虾。

"小水坝的水不多了!"

鼎书大爷那样说时,他已经到小水坝那边去过不止一趟了。他此番急匆匆地来找我哥哥去捉鱼,说明那会儿只要布下渔网子,准能捉到鱼虾呢。

我哥哥与鼎书大爷捉鱼的套路很多。下挂丝网子拦截鱼的去路是一种。那样的捉鱼方法是等鱼上网,所捉到的鱼,齐刷刷的,差不多每条鱼都一般大(因为网眼是一样大的)。再者,拉兜网子,两个人各站在小河堤的一边,扯动着一条渔网往河道的某一个拐弯处赶。那样捉到的鱼,有大有小,鱼瓜子(鲫鱼)、白鲢子,包括满身都是"黄金甲"的钢针鱼都能捉到。有时,还能把河里的螃蟹、老鳖给兜上来。他们两人合作最好的,是在西小坝里划筏子捉鱼。

说是划筏子,其实与划船是一个道理。只是他们的"小筏子"没有船只那样大,仅能容纳他们两个人。往往是我哥哥手持划板子,在前头"哗——呒!哗——呒!"地划水,鼎书大爷坐在后面,"吱——凌!吱——凌!"地往水中理着渔网子。等他们把一道一道亮晶晶的渔网子都沉入水中以后,两人会上岸来休息一会儿——等鱼撞网。

其间,看到网漂子浮动,说明网上挂到鱼了。那样的时候,鼎书大爷就会瞪大了眼睛观察着网上的动响,一旦发现网漂子往下沉了,说明已经钓到大鱼,或是有鱼群裹到网上了。那时,便要立马起网。赶到网上的鱼多得摘不过来时,就连网抱。

那个连网抱的过程，我哥哥叫起网。鼎书大爷有点儿迷信，他叫起鱼。好像起上来的网，都能捉到鱼似的。其实，哪有那样的好事情！好多时候，他们忙活大半天，连一只小鱼苗也逮不着呢。有道是"渔夫十网九网空，一网不空见荤腥"，也就是说，布下十条渔网子，能有一条渔网子上捉到鱼，那就很不错了！

"起鱼呀，裕阁！"

我哥哥大名叫裕阁。鼎书大爷不叫他小名，叫他裕阁。他那样称呼我哥哥，是对我哥哥的尊重。

在我们老家，有"小叔不压大侄"之说。也就是说，做叔叔的，对身边的大侄子，不能自认为很了不得，拿大侄子不当回事儿，随便就骂骂咧咧的。那么，做大爷的，对自己的侄子，也是那样的。

我哥哥下了夜班跟鼎书大爷去捉鱼，往往是布渔网子的时候，我哥哥很有精神。可谓是"鱼头有火"（逮鱼时很起劲儿）。可一旦歇息下来，他就歪在河堤边的草地上睡着了。可那时间，偏偏有鱼群撞到网上了。鼎书大爷感到起鱼的时机已到，他会急匆匆地喊我哥哥："起鱼呀，裕阁！"

鼎书大爷那样的呼喊声，说明他已经发现渔网下沉了——捉到大鱼或有鱼群撞到网上了。再不去起鱼，等会儿连渔网都被鱼群给裹到水底下了。

回头，大大小小的鱼捉上来十几斤，或二十几斤，或更多时，两人在河边泥里分鱼，他们会很随意地扒拉开两堆鱼儿。

我哥哥说："大爷，你挑吧！"

这个时候，当着鼎书大爷的面儿，就不能再连带上他的名字叫他"鼎书大爷"了。那样，多少有些晚辈对长辈的不尊敬呢。"鼎书大爷"那称谓，只能是背后称呼，不能当面叫的。

可鼎书大爷称呼我哥哥时，反倒能直呼其名："你挑吧，裕阁。"

我哥哥说："你挑！"

鼎书大爷看我哥哥轴让他先挑，他就努努嘴儿，示意他身边的那一堆儿。而另外一堆，不管鱼多鱼少，或是鱼大鱼小，自然就是我哥哥的。

其间，也就是鼎书大爷开始收鱼，或是我哥哥开始往他自个儿的网兜里装鱼时，相互间都会往对方鱼堆上扔两条鱼。鼎书大爷说："这条白鲢子挺肥势，裕阁你晚上回去，让侄媳妇烧烧吃吧！"

"吧嗒！"鼎书大爷把一条大白萝卜一样大的白鲢子，扔到我哥哥的鱼堆上了。刹那间，就看那条鼓弯弯的白鲢子鱼，还拧着劲儿，在我哥哥的脚边不停地弹跳呢。

我哥哥一边说着不要不要，一边还会把他鱼堆里的某一种肉质好的鱼，扔两条给鼎书大爷。

"行啦！行啦！"

"拿着，拿着。"

"……"

这是他们俩河沟边分鱼时，经常出现的对话场面。

可回到家，我哥哥可能又会想起刚才扔给鼎书大爷的那两条鱼怪好呢。但那会儿，我哥哥嘴上是不说什么的，他只是在心里想着鼎书大爷拎走的鱼。他甚至能想到鼎书大爷拎走的鱼，若是送到餐馆以后能卖多少钱呢。而鼎书大爷呢，他把鱼拎回家以后，可能也在想着我哥哥那边的鱼,品相和肉质都不错呢。

合伙捉鱼,如同合伙做生意,多一点儿,或是少一点儿,吃亏赚便宜,就是那么回事了。否则,两个人的营生,怎么维持下去呢?这个道理,无论是我哥哥,还是鼎书大爷,他们各自都是懂得的。所以,每回分鱼时,他们都是估堆儿,都是你扔两条给我,我再扔回两条给你。

可这年秋天,正是稻花飘香,鱼蟹肥美的时节,我哥哥和鼎书大爷在西小坝那儿捉到了好多大白鲢子和鞋底儿一样大的鱼瓜子。河滩边分鱼时,每人都弄了几十斤。

回头,两个人抬着鱼往回走。走到村头常贵家小卖铺那儿,停下脚步歇息时,常贵很是惊讶地说:"哟!今天你们爷俩捉到不少鱼嘛!"

鼎书大爷捧上烟火时说:"想吃,你就拿两条。"

常贵说:"家里有。"

其实,常贵家不一定有鱼的。他是不好意思白拿人家的鱼。常贵知道,鼎书大爷分得的那些鱼,自家人是舍不得上口的。他会赶个集日,挑到集市上换些油盐酱醋钱来贴补家用的。我哥哥也会挑拣出大个儿的鱼,送到他上班途中的那几家小餐馆。所以,常贵不好意思白拿他们的鱼。但他看到我哥哥和鼎书大爷捉来那么多的白鲢子、鱼瓜子,他很眼馋!他问鼎书大爷:"每人有三四十斤鱼吧?"

鼎书大爷"吧嗒"吸着烟袋,尚未回话,我哥哥却说:"哪有,连毛带屎,每人也就二十几斤鱼。"

我哥哥说的"连毛带屎",是指那鱼是估堆儿装进网兜里的,里面还有杂草、青苔之类，都裹在那鱼网里啦。

常贵是开店的，他的眼睛就是秤，他连连摆手说："不止不止。"随转身进屋，拿出他平时称猪毛、过桐油的秤来一称，好家伙！鼎书大爷那份三十七八斤，快四十斤了。再秤我哥哥这份鱼，乖乖！接近五十斤。我哥哥的这份鱼，硬生生地比鼎书大爷的那份鱼多出了七八斤。

当时，我哥哥的脸就红了。

因为，那鱼堆儿是我哥哥分的。尤其联想到每回分鱼时，鼎书大爷都是就近要他身边的那一堆儿。我哥哥是不是掌握到这个规律，故意往鼎书大爷身边的那堆鱼上少分了一些呢。

鼎书大爷是不是那样想的？不好说。可我哥哥心里一定是那样想的。当下，我哥哥很不好意思地要抓些鱼给鼎书大爷。

鼎书大爷却抓住他自个儿的鱼兜口儿，一再说："不要不要！"

可事情已经明朗化了，我哥哥的鱼比鼎书大爷的鱼多出了七八斤，他怎么好意思比人家多拿走七八斤鱼回家呢？我哥哥硬要再抓些鱼给他。鼎书大爷却说什么也不要。

事情看似就那样过去了。

可当天我哥哥回到家以后，越想这事情越觉得不对劲儿，他让我嫂子用小竹篮子，又装了些鱼给鼎书大爷家送去。

这一回，尽管鼎书大爷留下了几条鱼（没全要），算是把那件事儿给圆过去了。可自那以后，我哥哥与鼎书大爷一起捉鱼的时机好像是少了。

以至后期，西小坝那边水深水浅，我哥哥都很少知道了——鼎书大爷不来跟我哥哥说那些了。

翠 芸

"王户家的，王户家的。""谁是王户家的？"

翠芸转过身来那样责问你的时候，她一定是停下脚步，而且是挡住你的去路，故意装作很是生气的样子，板起脸来问你："我没有名字呀？嗯？"随即，她冲你抿着嘴儿，扬一扬下巴，似乎是在正告你，下回不许那样叫她了。然后呢，她会换一种口气，看似还很温和的语调，教你："叫我姐，叫我翠芸。什么王户家的，王户家的，难听死啦！"说完，她撩个媚眼给你，转身，自己先走开了。

那个时候，翠芸是刚过门的新媳妇。她娘家就是本庄上的。小村里谁该叫她姐，谁该喊她翠芸，或是谁能叫她王户家的，她是分得很仔细的。譬如东街的二蛋子妈，她是王户本家的婶子，年纪与王户妈妈差不多大，人家叫她侄子媳妇，或是叫她王户家的，她都是羞羞答答地答应着的。唯有小村里与她一起长大的玩伴，看她陡然间挽起光溜溜的发髻，不再是做姑娘时的样子了，故意跟在她的身后逗她"王户家的，王户家的"，她才会停下脚步，冲你发"狠"。其实，那个时候，她心里满满的都是王户，你叫她"王户家的"，她心里才美呢。

"王户呢，有消息没？"

二蛋子妈那样问翠芸的时候，翠芸摇摇头。反过来，翠芸也会那样问二蛋子妈："二兄弟呢，有消息吗？"

翠芸口中的二兄弟，自然就是二蛋子。但她在二蛋子妈面前，不能直呼二蛋子。不过呢，二蛋子皮瓜瓜的，与她这个小嫂子整天没大没小地斗嘴子，翠芸当面叫他二子，有时也叫他二蛋子，甚至还会震唬他："好你个二蛋子！"那样的时候，一定是二蛋子说到她某个羞处了。

二蛋子和王户是发小，两个人整天形影不离的。

前些时候，乡里组织支前民工队，两个人同时报了名。他们赶在后秋，岭上的高粱熟透了的时候，一同推着村里女人烙的高粱煎饼，过沐河，奔临沂，前往山东那边送军粮。说是十天半月就能回来。可眼下，一个多月过去了，前去送粮的队伍，一点儿消息都没有。

翠芸等得心焦时，就去村东的菜园地里拔青菜（二蛋子家住在那边），顺便拐到二蛋子的家门口，故意让二蛋子妈看见她。

于是，两个女人便有了上面一次又一次的对话。

其间，翠芸还挽着篮子、顶着头巾，装作到南河沿洗衣服，前去探听南河沿上那几家同出民工的情况呢。

可家家都没有前方的消息。

直到有一天，二蛋子妈半夜里来敲窗户，连声喊呼翠芸："侄子媳妇，王户家的，俺家二蛋子回来啦！"

听到喊声的翠芸，一骨碌从床上爬起来，连划根火柴点灯的工夫都没顾上，摸到床头那件小花袄，一边系着纽扣，一边抢在二蛋子妈的前头，脚步匆匆地就去找二蛋子打听王户的情况。

那会儿，二蛋子正端着水瓢，闷头咬着煎饼。看他那架势，应该是很饿了。翠芸走到他跟前时，他一边嚼着口中的煎饼，一边口齿不清地告诉翠芸，说他与王户在莒县那边就分开了。还具体说到王户个头高，力气大，被选派到担架队了——跟着队伍到前方抬伤员去了。

二蛋子说，他们此番回乡，是回来筹粮的。前方的队伍，马上就要攻打徐州了。

果然，时隔不久，东陇海铁路两边，响起了"乒乒乓乓"的枪炮声。

紧接着，盐河口小码头上，昼夜都在过队伍。翠芸每天都到小码头那边去张望，她想在队伍后面的担架队里，看到她家的王户。可她一连守望了好多天，始终没有看到王户的身影。

转年春天，东陇海铁路两边的枪炮声慢慢平息了，大批的队伍开始往长江边上集结时，翠芸家收到一封公函，不用问，王户"光荣"了。

前来送公函的人，把信件交给翠芸的公爹后，嘱咐说，拿着那封信件，到县里可以领到一份补助金（抚恤金）。

那一刻，翠芸的公爹没有吭声。可等那个送公函的人转身离去后，公爹抚摸着那公函，唤一声"我的儿——"，便老泪纵横了。

而此时，正在锅屋里刷锅的翠芸，好像什么都知道了。但她一直都在那儿不停地刷锅。在翠芸的意识里，家中来了客（指那个送公函的人），就该留人家吃饭呢，可她手中的饭帚（刷锅洗碗的工具，多以高粱穗去米粒后扎成）一直都在锅边上打转转，直到有人过来揽住她，想让她哭两声时，她这才一下子晕倒在锅台边。

第二天，公爹持公函到县里，领来两袋大红的高粱。

翠芸看到那两袋高粱，眼泪唰唰地往下滚。她跟公爹说："这两袋高粱连着一条命，咱们怎么忍心去吃它？"翠芸恳求公爹，把那两袋高粱换成路费，去徐州把那个人接回来。

翠芸知道徐州到盐区不是太远，她让公爹想个法子，把王户的尸首搬回家，以便以后她们娘俩（指她腹中的孩子），面对一堆黄土，也好有个祭奠、说话的地方。

公爹自然是同意的。连夜找到二蛋子和本家一个堂叔，让他们手持上级发来的那份公函，一路向西，找到徐州那边的碾庄后，在当地政府人员的引领下，总算找到王户牺牲的地方。

三天后，王户的遗骨被搬回来时，是装在一个蒲团里的。本家的堂叔说，王户的尸体已经腐烂得不成样子。说到那里时，那堂叔自个儿先捂住脸，蹲在地上了——他说不下去了。

可翠芸抱住那蒲团，哭得死去活来。尤其是到了要入棺椁时，翠芸护住那蒲团，说什么也不松手。

这个时候，一直守在旁边的二蛋子，看翠芸哭得过于伤心，便实言相劝，他告诉翠芸，说那蒲团里根本就没有王户的尸骨。碾庄那场战斗，死人太多了。二蛋子和那堂叔找到王户的牺牲地之后，很难辨出王户的尸首，只好就地抓了两把土，算作王户的灵魂，将其包裹在蒲团里带回来了。

二蛋子原以为这样说，会止住翠芸的哭声。

没想到，翠芸听二蛋子那样一说，哭声更高了！同时，她还抓起棺椁前的一把乱草，猛甩到二蛋子的脸上，说："谁让你说实话的，你个傻二蛋子！你这样说了，我以后可怎么面对这个蒲团子？你个傻二蛋子！你个傻二蛋子！"哭诉间，翠芸踹了二蛋子一脚，又蹬他一脚。

那一刻，二蛋子真像是傻了一样，愣在那儿了。

这以后，也就是王户的"灵魂"被安葬下后，翠芸像变了个人似的，不再让人家叫她姐、叫她翠芸了。她反而愿意听到人们喊她王户家的。以至于，王户死去多年了，谁再叫她王户家的，她都是温温和和地答应的。

贾　中

我读小学二年级的那年春节,贾中家院门上贴出了一副春联:

丰二三四五

六七八九食

现在看来,那样的春联稀松平常了。无非就是"丰衣足食"的意思呗。可在当时,20世纪60年代初期,人们吃饭穿衣还很困难的时候,那可是一个美好的寓意,很是令人向往的。

但是,那样的一副春联,贴到贾中家那两扇面对街口的院门上,一时间如同乡邻们在平静的日子里,抓到一个外乡来的偷鸡贼。大人小孩正想寻找年上年下的乐子呢,偏偏就有了贾中家门上的那样一副春联。

那个时候,平常人家贴春联,大都是"春风杨柳万千条,六亿神州尽舜尧",要么就是"四海翻腾云水怒,五洲震荡风雷激"等风调雨顺,或是略显备战备荒的味道。像贾中家那样新奇的春联,读过二三年级书本的小孩子,很快就会悟出那其中的含义。

旁边,比我们更小一点的孩子,看到那样的春联,难免会翻白眼、犯迷糊。

"你知道那春联上说的啥吗?"

被问的小孩瞪大眼睛摇摇头，表示不知道，或干脆仰起头来问："啥？"

"笨蛋，丰衣足食呗，门上不是写着吗？"

原来，那副春联的答案，就在横批上——丰衣足食。

而看春联的小孩子，往往只知道看左右对联子，不知道往横批上去找答案。

那时刻，看春联的人乐了，解读春联的人也乐了。旁边的贾中也跟着乐呢。

贾中是谁？说出来还真是让人震惊。他是晚清秀才贾裕乾贾先生的嫡长孙。

贾先生的名气在当时可大呢！

这么说吧，晚清至民国的那个时间段里，盐河北去三十里，但凡是识文解字的人，大都是他贾先生的门生。

贾先生考中秀才时，衙门里曾征求过他的意见，问他是留在县上做事（文书之类），还是拿上官府的少许俸禄，继续回乡办学。贾先生想到自己一把年纪了，没有必要去蹚那官场的浑水。他选择了后者。

但穿上秀才服的贾先生，再次回到村上办学时，名声大噪！方圆几十里的有钱人家，都托关系、找门路，削尖了脑袋想把孩子送到贾先生的这边来。

贾先生一生致力于教书育人，真可谓桃李满天下。可奇怪的是，他偏偏没有把自己的独生子、诨号贾大先生教育成才。

后人评说贾先生那儿子时，大都用一个字来概括——懒。

贾先生教他认字，他懒得动脑子去记。更别说让他下田去干农活了。有人说贾先生那儿子，一辈子连一棵葱都没有拔过。好在，他借助父亲的威望与光环，娶了一房媳妇，留下了贾中这么个嫡长孙。

贾中打记事起，就有人跟他讲述他爷爷的辉煌与他父亲的懒惰以及家族败落的那些事儿。尤其是他爷爷取得功名以后，骑着毛驴、穿着秀才服从县上回来的那场景，贾中虽然没有亲眼见过，但他从长辈们的口中，早已烂熟于心。

后期，轮到贾中读书时，他爷爷已经过世了。贾中在新式学堂里读至完小，能写书信、会记账本时，便辍学在生产队里收粪水——当上了农业社的小会计。这在当时，就算是小村里难得的文化人了。

所以，那一年春节，他贴出了那样一副与众不同的春联，显得他很有文化似的。其实，他脑瓜子里的那点儿墨水，比起他学富五车的爷爷，那简直就是南瓜结在韭菜地里——仅仅是沾了一点儿烀味。

但贾中的骨子里，还是以他爷爷为家族的楷模。他很想把他爷爷当年的辉煌再找回来，尤其是村上筹办小学时，他托了很多关系，最终如愿以偿，当上了一名乡村教师。

但贾中的那个乡村教师，是"吃"工分的，全称是"民办老师"。仍然要走村上分粮领草。类似于生产队给他安排了一份轻松些的活儿而已。

我是贾中走上讲台以后的第一届小学生。

当时，我们的教室设在村上大队部里。两间茅草屋，"个"字形的山墙上，用锅底灰与稀薄的水泥，抹出了一块锅盖大的小黑板。贾中把当初村里人斗地主时用的一桌一椅靠墙脚摆放，那便是他的办公场所。也就是说，贾中与我们面对面地坐在教室里。他埋头批改作业时，猛然一抬头，就可以看到班上哪个同学在调皮做小动作。

那样的时候，贾中就会喊那个同学站起来，或是让对方到门外去罚站。

贾中的这种做派，完全是沿用了他爷爷办私塾时的套路。好在，他不能像他爷爷那样让我们挨戒尺、打通板子。

贾中的爷爷办学时，哪个学生调皮捣蛋，他别着戒尺走到跟前，让你自己把手掌心亮出来，他上来就是"叭叭"两板子，让你疼得流泪，还不让你哭出声来。赶上哪个学生惹下祸端又不肯认账，那就"打通板"——每个人都要主动把掌心亮给他。

贾中与他爷爷不同的是，他办公桌上的茶杯、书本、粉笔盒等摆放在某个位置，他都是用手指头一拃一拃地量出距离的。贾中爷爷当年也是那样，不允许学生随便翻动他的教案。但贾中的爷爷不用张开手指去丈量，他是用眼睛瞄一下教案上的物件，就知道有人翻动了他的东西。那是要追责，受到惩罚的。贾中爷爷惩罚学生的方式就是打板子、打通板。贾中却是让我们写匿名信，鼓动大家悄悄把那个做"坏事"的孩子写在纸上告诉他。

贾中只教我们到小学三年级，赶到我们读四年级时，就到西庄"联中"去了。

就那，贾中在我们村上依然受人尊敬。

小村里，哪家来了亲戚，尤其是新女婿上门，请家族中的长辈作陪时，也会把贾中叫来坐桌子。即使你不叫上贾中，他也会选在那一天，去给那户人家的孩子辅导作业呢。再者，赶上小村里有红白寿庆的事儿，都会请贾中去做柜书，正好就留他在那吃酒席。应该说，贾中的爷爷当年就享受着那样的礼遇。

贾中呢，他的文化程度不高，或者说他的教学水平有限。但他很有想象力。

印象中，我们国家原子弹、导弹试验成功以后，他在教室里告诉我们，说以后美国人若是向我们发射原子弹，我们只要把导弹发射出去，当即就会将美国人的原子弹给"导"到他们的国土上去爆炸。

我们听了，都很受鼓舞。

后来，我们长大了，尤其是我读了高中，考上大学以后，回忆起当初贾中传授给我们的那些历经他本人想象出来的知识，好些都经不起推敲。

不过，贾中十分珍爱他的教学事业。他最初走上讲台的那会儿，生产队每天只给他记八工分，他都毫无怨言。有人说，贾中那是为了传承他的家族事业；也有人说，他是在为他父亲遮丑，想找回他爷爷当年的辉煌。但不管怎么说，贾中在乡村教师的岗位上，一待就是几十年。

其间，民办教师转为公办教师时，让贾中赶上了。他一朝脱离了农村户口，吃上了国库粮，成为国家认可的人民教师。

县教育局向贾中颁发教师证的当天，他怀揣着那个红彤彤的小本子从县上回来时，并没有立马进村，而是骑车拐到镇上，买来上千挂的鞭炮，从他爷爷的坟头炸到他父亲的墓碑前。然后，又用树枝挑着鞭炮挂在他自行车的车把上，一路"噼啪噼啪"地炸回到他自家的小院里。紧接着，他敞开院门，又在自家的院子里，"通咔！通咔！"地燃放了半天的二脚踢。

事后，也就是贾中燃放过鞭炮以后，他家院子里落下了厚厚的一层的鞭屑。贾中没让家人去清扫。直到很多天以后，贾中出门时，他脚下的鞋子上，仍然还沾着那些红盈盈的鞭屑纸儿，可显眼了。

歪　墙

转过年，我们家盘算建新房。可当年后秋，我舅舅就带着人来，把我们家新房的地基石给铺设好了。

石头是好几年前就从后山上搬运回来的。搬运那些石料时，也是我舅舅领着人，从后山的石塘里一块一块扛上来的。

舅舅是个半拉子石匠。也可以说他是半拉子木匠、瓦匠、篾匠。因为石匠、木匠、泥瓦匠，甚至是铁匠的活计，我舅舅都懂一点。但他样样都不是太精通。

我们家进石料、铺地基石时请舅舅来，是因为他会看石线，知道怎样下錾口，怎样三锤子、两錾子就把一块石料给劈成两半或多块儿。他还懂得放地基线。如果你让我舅舅在石头上錾花，或是把地基线预留到两至三层的小楼上去，他就没有那个能耐了。他毕竟不是专业的匠人。

我们家当年要建的是普通民房。所以，我舅舅赶在那一年的秋后，地里的庄稼都收割归仓了，领上一伙子人，就来我们家把新房的地基石给铺设好了。

二十世纪五六十年代，苏北农村还比较穷困。一般人家建房子，都是土坯墙、麦草缮房顶。那样的土坯房子，经受不住夏季里雨水的长时间浸泡。

我们家，父亲在外面工作，母亲是个乡间裁缝，生活条件比普通农户家要好很多。所以，我们家建房子时，采用了石料铺地基（防水浸墙）、砖头石块儿垒墙拐子（能支撑起房梁上更重的压力），还计划在屋檐口那儿走上三排青瓦。那样的房屋建成以后，即便是夏季里积水成河，也不会被雨水泡倒。尤其是我舅舅领着人来给我们家铺设的那地基，细小的石缝子都被他给堵上了。用我舅舅的话说："耗子都给挡到墙外了。"

后期，我舅舅还把我们家新房的墙拐子也给立上了。赶到收拾木棒、堆土打墙时，我哥哥带着他们宣传队里的一帮伙混子（年轻人），选在一个月光明亮的夜晚，"噼通叭嗒"地来给干上了。

我哥哥读中学时，就被选进了村上的"宣传队"。

那个时候的"宣传队"，就是个乡间戏班子，演小戏的。

那帮子人，白天该上学的上学；该下田干活的，依旧下田干活去。只有到了晚间，锣鼓板儿一响，大伙儿聚集在村后的小学里，排练《斗地主》《小放牛》，后期还排练过《红灯记》《沙家浜》呢。我哥哥领来他们打土墙的那个夜晚，他们已经排练了一晚上的《斗地主》，个个都感到肚子饿了，我哥哥才把他们领来打墙，并说打好了一堵墙，我妈妈才能把两面焦黄的小鱼煎好，到时会包上地瓜煎饼，让每个人都吃得很饱。

那伙子人一听说有小鱼包煎饼，打起墙来就格外起劲儿。

乡间土墙，是用四根木棒，两两叠加，摆出女孩子跳皮筋舞那样的宽度，当中用细如羊鞭的麻线绳牵扯着。然后，上土，夯实。再不断地往上翻动木棒，很快就把一堵土墙给打好了。

那个夜晚，我哥哥领来的那伙子人，眼看就要把一堵土墙给

抬
鱼

打到房檐口了，忽而有人发现墙拐子那儿裂开了一道缝。也就是说，那伙子戏台上耍花腔的年轻人，干起活来也都是些水货。当然，其中也不排除他们肚子饿了，光顾了想吃我们家的小鱼煎饼，一个个毛手毛脚地没有把那土墙打牢实。

如果光是土墙打歪了，可以推倒了重打。可土墙连带着砖石砌起来的墙拐子都歪了，那就要请匠人来整石垛了。若是牵扯到地基，没准儿还要把地基石都扒开来重砌。那样的话，给我们家造成的损失就大了。所以，当晚那些来帮我们家打土墙的人，一看把我们的墙打成那样，连小鱼包煎饼都不好意思吃了，一个个都灰头土脸地抱起自己的衣物走了。

我哥哥原本是想为家里做点好事情的。没料到，他却帮了倒忙。

好在，那天晚上我父亲在家。父亲围着那堵歪墙前后看了看，转身奔东巷里去找周进山。

周进山是我们当地有名的石匠。他手下所揽的土木工程，都是赚大钱的。譬如我们公社的人民大会堂，就是他领着人在那儿建的。像我们家那种普普通通的民房，对他来说，那简直就是老虎吃蚂蚱，不够塞牙缝的。或者说，他根本就瞧不上眼儿。

但当晚，我父亲揣着香烟找到他门上时，他还是乐于帮忙。怎么说，我父亲也是有头有脸的公社干部，那点面子他还是要给的。

所以，周进山听我父亲把墙拐子那开裂的程度描述了一遍后，他摸了把手电筒，披上大衣，就跟着我父亲来了。

路上，我父亲的心里想的，全是那堵歪裂的墙，还能不能复原。

可周进山并不是那样想的。他跟没事人一样，问我父亲多久回家的，工作忙不忙。还问我父亲能不能调回到我们自己的公社来工作。

我父亲挑了个重点话题回答他，说本地方出来的干部，不能在自己的家乡工作。这是中华人民共和国成立以后，地方政府没有成文的一项内部规定。

周进山思量了一下，说："也是！"

周进山所说的"也是"，是指本乡出来的干部在外乡工作，可以避开一些人情关系。当然，从周进山的内心来讲，他很希望我父亲能在我们公社工作。因为，他在我们公社建"大会堂"时的资金，还有一部分没有回笼过来呢。

我父亲不想跟他扯那个话题，只是向他询问，那个歪裂的墙拐子，还有没有可能扶正过来。

周进山摇晃着手电光，说："等我看看再说。"

回头，等周进山来到我们家，打着手电光，把那堵裂开的墙拐子里外都看了看以后，自言自语地说："怎么裂成这样？"

我父亲问他："要不要喊几个人来，一起推推试试？"

周进山没有吭声。但他沉默了一会儿，突然对我父亲说："把你家的门板卸一扇来吧！"

我父亲卸来门板，他又让我父亲去找套驴、捆牛的绳索。接下来，他就用地上打墙用的木棒，捆绑出一个脚手架。

我父亲想知道他要干什么。他却让我父亲到墙拐子里面去看动向。然后，他先把门板抵在那歪裂的墙拐子上，又将他绑好的脚手架一端抵住那门板，抛开一节系在木棒上的绳索，让我和我哥哥在远处用力拉扯。

"好！"

"好啦——"

我和我哥哥几乎没用什么力气，周进山便喊"好"，我父亲也在墙里面跟着喊"好啦"。

当下，只见周进山弯腰捡起几块石楔子，"咔咔咔"几锤子，砸进墙根底部的石缝间，那堵歪墙连同墙拐子，便稳稳当当地恢复原位了。

父亲很高兴，我们全家人都很高兴。

事后，父亲买了两斤茶叶、四瓶酒，专门去答谢周进山。

"那个周进山，可真是个能人！"

为此，我父亲夸赞了周进山很多年。

后来，我学了中学物理，知道周进山当初帮我们家推墙的技法，是借用了"四两拨千斤"的杠杆原理，便觉得那晚的周进山指示我父亲这样那样地卸门、找绳索，多少有些故弄玄虚。但不管怎么说，人家不费吹灰之力，就把我们家那堵歪墙给恢复原位，那就是能耐。

再后来，我考上大学，在城里工作以后，回乡住在父母当年建的房子里，不经意间想起周进山，便问我哥哥周进山的近况。

我哥哥说："死了！都死了很多年了。"

我问是怎么死的。

我哥哥先是说："显摆！"紧接着又说，"能耐！"

原来，我读大学期间，县里组织在小龟山下建大坝，周进山领着人在那里砌闸洞。三十几米高的闸洞建成封顶时，赶上县里领导来剪彩，周进山为显摆他的能耐，平日里动嘴不动手的他，偏偏要在那一天爬到顶层去勾缝。

没料想，下面的鞭炮一响，他在上面一脚踩空，当场掉下来摔死了。

借　车

天快黑了，东湖里的地瓜也都一家一户地分好了。

我们村里人说的东湖，并非一片水草交织的湖泊。而是指村东那片地势低洼的黏土地。周边的沟渠比较多，雨季里比较容易积水。倒是适合种植水稻，或过冬的小麦。有时，也打起垄沟栽培地瓜。

我读中学的那年秋天，东湖的地瓜丰收了，全队五十几户人家，按照人口比例，每家都分到了几百斤，乃至上千斤红皮、白瓤的大地瓜。

现在看来，地瓜不是什么好吃的食物，顶多是人们精米细面吃多了，用它来调剂一下不堪油腻的肠胃。但在二十世纪五六十年代，那可是盐河北乡人赖以生存的口粮。煮着吃、蒸着吃，将其切片，晒成地瓜干子储存起来，吃时磨成粉末，可摊煎饼、可煮粥，家家户户，一年四季都离不开它。直至吃到胃里泛酸水，还要硬着头皮去吃它。否则，就要饿肚子。

地瓜的生长，很适应于潮湿的地块儿。有道是"地瓜见了泥，一宿长一皮"，说的就是地瓜在湿润的土层里，一夜之间，就可以增长一层皮的厚度呢。

但同一片地块里，所结出的地瓜，大不相同。雨水多的年头，上岗上的地瓜长势好。下岗里因为积水，地瓜会变成酒糟的味道

（变质了）。反过来，赶上了旱季，上岗上的地瓜因为缺少雨水的滋润，个头长不大，甚至会干成枯枣一样，不堪入口；下岗上的地瓜反而长势旺盛了。

这就是说，不管是雨水旺盛的年头，还是天气干旱的年头，东湖的地瓜始终是有差别的。

那么，问题来了，不好的地瓜分给谁？村会计想出了一个主意——摸阄。

摸阄，类似于抓阄。但又不是抓阄。抓阄是让每个人自己来抓。摸阄不用你亲自动手。村会计按照全队人家的户头数，做出了相应的竹签儿，等同于寺庙里抽签算卦一样，同样是装在一个竹筒内，顺手一摸，摸出谁家户主的名字，就把那个地块的地瓜称给那户人家。

印象中，东湖分地瓜的那天下午，我们家分到四百六十斤地瓜。而且，分在了地当中，可谓是不孬也不差。一般人家，找到自己家的地瓜堆儿以后，就会摆开锄具，就地将地瓜"喊嚓喊嚓"地锄成地瓜片，分撒在自家的地瓜堆周边，风吹日晒三五日，就可以变成脆喳喳的地瓜干了。可我们家，父亲在外面工作，我哥哥在县化肥厂上班，母亲是个裁缝，再加上我母亲童年时裹过脚，尽管后来她的脚板放开了，但她的脚骨伤了（变形了），走不得远路。面对东湖地里那么一大堆地瓜，我们家该怎么办呢？

母亲跟我说："这样吧，二子，你找人把地瓜推到家里来，我夜里在家锄出地瓜片。然后，摆在自家的房檐、墙头、磨台上晾晒。"

我觉得那个办法行，便问母亲："找谁推？"

我心里话是，近门的叔叔、大爷们都在地里忙乎他们自家的地瓜呢，这阵子，我找谁来帮我们家推地瓜？

我妈说："你去五队找你表叔。"

我们小村子不大，但有五个生产队。我们家是第一生产队，我姑奶奶家的表叔是第五生产队。我妈的那个意思是，当天我们队里分地瓜，我表叔他们那个队里，不一定也分地瓜呀！

果然，我在村小学找到我表叔时，他正在校门口那儿夹着书本要往家走。

我表叔是民办老师。

我跟他说，让他帮我家推地瓜时，他倒是没有推辞，但他问我："你的车子找好了吗？"

表叔这一问，还真把我给问住了。是呀，我到哪里去找推地瓜的车子呢？

那个时候，每个生产队，有七八辆独轮车。但都分配到推车人的个人手中了，如同人家自己家的车子。他们晚间给车子上锁，雨天推进屋里，每过一段时间，还要给车轴上油。一般情况下，不好开口向人家借车子。可我在那天傍晚，竟然想到了贾德宽。

贾德宽是我们生产队的小车手。他家拥有一辆独轮车。他与叔叔是同一年的兵。用贾德宽自己的话说，他与我叔叔是一个火车皮拉走的。但我叔叔留在了部队，他却回乡打了庄禾（做了农民）。我们两家关系不错。我叔叔回乡探亲时，专门把他叫到家里来喝酒，喝到最后，他眼圈都喝红了。

所以，我去找他借车子的那天傍晚，他几乎没怎么推辞就答应了，只是问我："你能推吗？"

我说："找人推。"

他顿了一下，冲着停放在猪圈旁的独轮车子努了努嘴儿，说："在那，你推走吧。"

当下，我喜出望外。

接下来，我推上车子，找到我那当民办老师的表叔，赶到东湖地里，装满地瓜以后，他推车、我拉车，可那车子半天都挪不动窝儿。

我表叔是个书生，他不会摆弄那独轮车子。再者，我们家的地瓜分在了地当中，车轱辘陷在泥地里了。他直起腰来推，车前嘴那儿刚好触到两边的地瓜埂上了，推不动；他弯下腰来推，如同跪在地上一样，又使不上劲儿。

"这样，你来推车子，我在前头拉。"

表叔可能觉得我的个头小，架起车子时不用弯腰。他的力气大，可以在前头猛劲儿拉车子。那样，没准儿就能把车子拉到地头的马路上。但他没有想到，十三四岁的我，根本就架不起那辆装满地瓜的车子。

最终，还是我表叔去推车子。但这一回，他与我约定了一二三，两个人一起用劲儿。

我说："好！"

谁知，他那边刚喊出一二三，只听"咔扑"一声，他脚下一打滑，原本抬起的车身，猛地往下一落，一只车腿磕断了。

独轮车上的车腿，原本是在车子放平以后，用来支撑车上货物重量的。一旦推车人把车子推起来行走，那车腿就不起什么作用了。只是那两条对称的车腿磕断一只，那车子就摆放不平了。

抬鱼

那一刻，我表叔一屁股坐在泥地上时，那辆装满地瓜的车子也随之歪向了一边。

回头，我表叔跟我卸下车上的地瓜，一筐一筐地拎到地头重新装车时，他告诉我："你去还车子时，别说是我把车腿给弄断的。"

我知道表叔要脸面，那么大个人了，连一车地瓜都推不动，还把人家的车腿给折断了，传出去以后，会被村里人耻笑的。所以，他让我隐瞒折断车腿的事，我自然不会对外人说。

可我怎么去还人家车子呢？

还好，当晚我去还车子时，贾德宽他们家已经关门睡觉了。但屋内还亮着灯，我把车子轻轻推到他们家院子里以后，冲着他家窗口那亮汪汪的灯光，喊呼了一声，说："车子来喽！"随后，我就像个偷了人家东西的小蟊贼一样，快速地溜出了他家的院子。

第二天、第三天，乃至以后的很多天里，我都羞于见到贾德宽，或者说我不敢见到他，生怕与他见面以后，他会问我那车腿的事。有两回，我在村东的菜园地里，远远地看到他在那边泼尿水，我竟然选在菜地边的沟渠，躲躲闪闪地绕过一段路，避开了与他照面儿。

好在，那时间我在西庄联中里上学，不是天天在家。后来，我又到镇上读高中，也很少见到他。再后来，我考上大学，到外地读书去了。

但是，我隐瞒了磕断他车腿的那件事，却一直压在我的心里。直至我大学毕业，在城里工作以后，赶在一年腊月，我哥哥家的大侄子结婚，村里人都围到我们家来帮忙，我看到贾德宽在那边烧茶水，主动走过去，与他说起当年折断他车腿的那件事儿。

刚开始，他不记得我跟他说过车腿的事了。我提醒他，并帮助他回忆，说一天傍晚，我借车子去东湖推地瓜，他还问我："你推得动吗？"

我那样一提示，他想起来了，点头说："是有那么一回事儿。"

但他说，那车腿不是我折断的。而是他去后山推石头时磕裂了又绑在一起的。

我一听他那话，当时的感觉，就像个长跑运动员，努力奔跑了几千米、上万米，最终闯到了终点的红线一样，瞬间释然了。

抬
鱼

摸 兔

三华的大姨从东北来，在三华家住了好多天。临走时，塞给了三华五块钱。这在当时，可是大钱了！

那个时候，一个工人上一个月的班，才拿三十几块钱。五块钱该是一个什么样的概念？能买一箩筐鸡蛋，或是四指宽的一长坨坨的五花肉呢。

但三华拿到那五块钱以后，他没有跟家里人说，只跟我说了。他想跟我一起花。

我与三华是好朋友。

我们两人，每天一起到西庄上学，放学以后一起回来。我们家吃饭早，我放下碗筷，就去三华家等他。他有时也来我们家等我。但我到他家等他的时候多。他们家人口多，吃饭晚。

秋天，我们两人要到公社中心校去参加秋季运动会。一大早，我去三华家老屋喊他起床，他光溜着屁股就给我拉开了房门。

那个时候，三华十三四岁了，个子老高呢，他晚上睡觉连个裤头都没有。可见他家里可穷呢。

三华上面有两个比他大三五岁的哥哥，都已经到了成亲的年纪，但都还没有成亲。他下面还有一弟一妹。所以，他们家先前的老屋不够住，又在西大街那边盖了四间新房。我去找他参加运动会的那会儿，他父母已经搬到新房那边住了。老屋这边，三华与他二哥晚间过来"捣腿儿"。所以，我天刚蒙蒙亮时喊他起床，他光溜着屁股就来给我开门。随后，他还双手抱在胸前，跑到当院废弃的猪圈旁，"哗哗哗"地撒了一泡尿。

这样一说，就可以想到，三华家兄弟那么多，新近又建了房屋，这在 20 世纪 60 年代末 70 年代初，对于盐河北乡一个普通的农户家庭来说，可是水干见底了——没有什么存钱和余粮了。

所以，三华手中那五块钱便不想让他的家人们知道。三华心里明白，一旦他家大人知道大姨给了他五块钱，非得从他手中给抠出来贴补家用不可。所以，三华得到大姨那五块钱以后，他不吭声，他只是悄悄地跟我说："咱俩一起买点什么。"

我很高兴。

我给他出主意，说："咱们一人买一支钢笔吧？"

我跟三华说那话时，我已经到供销社去看过了。有一种白杆黄帽，或黄杆白帽的塑料钢笔挺好的，七毛五分钱一支，我建议他，俺俩买一支。

三华说："行。"

当天下午放学后，我俩没有直接回家，而是去了供销社。我挑了一支白杆黄帽的钢笔。他选了一支黄杆白帽的。还剩下三块多钱干什么呢？

三华说："我们去镇上吃肉菜？"

我想了想，说："那样很快就把钱给吃掉了。"

三华问我："那我们干什么好？"

我说："咱们买几只兔子喂上吧？"我说，"兔子长得很快，几个月以后，小兔子长成大兔子以后，就可以下小兔子了。到那

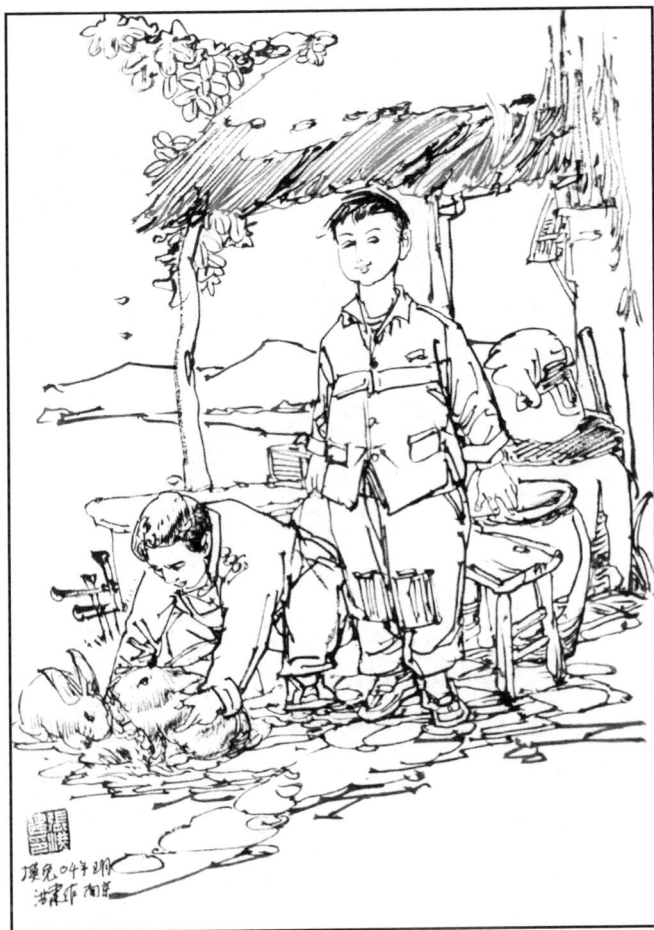

时，咱们卖掉小兔子，再到镇上饭馆吃肉菜。"

三华说："行！"

但三华问我怎么喂兔子。

我说，就在他家老屋那废弃的猪圈里整出一个兔子窝来。我还跟三华吹嘘说，我喂过兔子，很有喂兔的经验。

我读小学二三年级的时候，我们家确实喂过兔子。不过，那是我哥哥喂的。但我跟哥哥学会了不少喂兔子的方法。我还懂得给母兔"配对"儿。方法很简单，把母兔子抱到公兔子跟前，一只手揪住母兔的耳朵，另一只手的食指轻弹母兔的屁股，它就会翘起尾巴等待公兔了。之后，也就是母兔怀上兔宝宝以后，我还能摸出它怀上了几只兔宝宝。

那种摸兔的技巧，我也是跟哥哥学的。

母兔刚怀上小兔时摸不到。要等到十天以后，兔宝宝在妈妈肚子里长成花生米大小的时候，就可以摸到了。

那种摸兔的成就感，不亚于盲人算卦，猜中某户人家的新媳妇怀上了男娃儿，还是女娃儿。

更为得意的是，我摸过自家的母兔以后，还摸出别人家母兔怀崽的准确数儿。

现在想来，我那时候年岁小，手指头细嫩柔滑。摸兔时，母兔根本就感觉不到我指尖的划动，还认为我在给它挠痒痒呢。

所以，我每回摸兔时，母兔都是很乖的。

这就是说，我有这样一些喂兔子的方法与经验，与三华合起伙来喂几只兔子，是不成问题的。所以，我建议三华子："咱们买几只兔子喂上吧？"

三华子写作业没有我写得好。考试也没我考得分数高。平时他很听我的话。所以，我跟他信誓旦旦地提出来喂几只兔子时，他很爽快地就答应了。

　　改天集日，我们俩买来三只两灰一白的小兔子。

　　紧接着，我与三华在他们家废弃的猪圈里垒兔圈，给那三只小兔子营造了一个很是舒适的窝儿以后，我们俩就像一对哺育雏鸟的春燕，每天放学以后，就忙活着去河堤上打树叶、薅兔草。看到生产队的花生果、玉米秧子、青豆荚，我们也偷一些放在书包里，带回去喂那三只小兔子。

　　不作美的是，我们那三只小兔，还没喂上几天，就被黄鼠狼给偷走了两只。还剩下一只灰色的母兔子，三华的父亲看我们垒的兔圈不牢实，主动帮我们加固了墙壁，并围上了一层破旧的渔网子（专防黄鼠狼），那只母兔才得以顺利成长。

　　在那期间，三华的家人们也都帮助我们喂养那只母兔。他们把家中喂鸡、喂猪的饲料匀一些给那只母兔吃，还把摘下来的芹菜叶、南瓜花扔进兔圈里，我和三华几乎没怎么过问，那只母兔就长成一只大兔子了。其间，我们找来公兔子给它"配对"儿。那只母兔很顺利地怀上了兔宝宝。

　　我和三华盘算，那只母兔生下小兔子以后，卖掉几只，两人去镇上饭馆吃一顿肉菜，再买两个文具盒，一人一个。同时，还要在头一窝小兔子当中，挑选出两只个头大的留下来喂着，好让它们继续繁殖小兔子。

　　应该说，自从那只母兔怀上兔宝宝以后，我和三华每天都充满了憧憬。

我们很想知道，那只母兔怀上了几只兔宝宝。这个秘密，自从给母兔配上对儿以后，我就与三华一直惦记着。尤其是会摸兔宝宝的我，每天都在算着兔妈妈怀孕的日期呢。

　　刚开始，也就是母兔怀上兔宝宝以后，是摸不到的，至少要等到十天以后。这是我以前摸兔时总结出来的经验。

　　但我们那只母兔怀孕不到十天，我便开始摸它了。刚开始，我摸出了七只兔宝宝，不！是八只。我摸到七只兔宝宝以后，在母兔的腿窝间，又摸到了一只。

　　我好高兴！五六年没有摸兔子，还能准确地摸出我们那只母兔怀了八只兔宝宝。

　　三华子也很高兴，他问我："你摸准了吗，是八只，不会是七只吧？"

　　我说："不会，肯定是八只。"

　　三华说："那好，到时候我们留下四只，卖掉四只。"

　　我说："行！"

　　当天，我们俩还盘算着如何把兔圈扩大，如何在兔妈妈生下八只兔宝宝以后给它"加餐"。可我怎么也没有料到，第二天我带着兔草去看那只兔妈妈时，三华的大哥站在兔圈边告诉我，说母兔流产了。它生下八只肉乎乎的兔宝宝，一只一只全死了。

　　那一刻，我傻了一样，木呆呆地站在三华大哥身边，半天无话。

　　我不知道，那只母兔的流产，是不是与我头一天摸它有关。但三华他们一家人，肯定认为是我把那些兔宝宝给摸死的。

　　尽管那只母兔是我与三华喂着玩的，三华家的大人们似乎也

抬
鱼

没有太在乎那件事儿,可八只兔宝宝的死,却像一个无形的阴影,一下子罩在了我的头上。

我怎么会把母兔腹中的八只兔宝宝给摸死了呢?

我反复问自己。是我下手重了?还是随着年龄的增长,我的手指头变粗变硬,不适合再去摸兔宝宝了?还是我忘记了摸兔的技法?想想这些,或许都有可能。但面对那些死去的兔宝宝,或者说面对三华家没有人搭理我的那个尴尬局面,一时间,我无地自容。

自此,我去三华家少了。再者,从那以后,我再也不摸兔了。

至于,在那个困难时期,三华大姨给了三华五块钱,或者说给了三华家五块钱,被我和三华私下里都给花掉了,小时候觉得那是个秘密。长大以后,我总认为那是个错误。细想起来,心里还怪不是滋味的!

颠　煤

供销社里购进了一批煤。这可是件稀罕事儿！

我们海边不产煤。村上供销社向来也没有卖过煤。可那天下午，他们偏偏购进来煤。

煤，是船只从徐州清山泉煤矿水运过来的。一路走运河，过盐河。而今，已停泊在我们村东的小盐河码头上了。

供销社的大胡子张和小个子李，找到我们村上的干部，让村民们用土推车（独轮车），帮助他们把煤运到供销社的院子里。

我们村的供销社，又叫供销联社，隶属于公社供销总社。六间青砖灰瓦的大瓦房，东南西三面，立有高高的院墙。北面，后檐墙便是围墙。又因为北面有住家，供销社内没能开后窗。他们的院落也不是很宽敞，窄窄的一长溜儿，挤在小街口。后面小巷里几户人家的流水，要从他们房屋底下的暗洞流淌到前面小街上。街边人家的猫，经常是大白天钻进洞内，叼出"吱吱嘤嘤"的耗子来。

供销社里的大张与小李，都是上面派下来的。他们吃住在供销社内。正常营业时，他们两个，一个在西头扯布，一个在东头称酱菜、装酱油，卖一些针头线脑的物件儿。赶到某一天，也就是他们"盘过点"，要到上面去报账，或是购物，剩下一个人守着那六间屋的"长廊"柜台时，那可真是"两头忙"呢——

"打酱油！"

"扯花布！"

乍一听，这是两宗很简单的小买卖，可那两样物件，一个在柜台东头，一个在柜台的西头。中间，往往还会被买糖果、购针线团的婆娘们给拦下呢。

那个时候，准确一点说是20世纪六七十年代，乃至20世纪80年代中期，乡村供销社，是人们生活的万花筒。它既买又卖，是普通百姓赖以生存的家园。

我们小孩子在野地里捡来长虫（蛇）皮、知了猴（蝉）皮，老奶奶手中窝出来的草鞋、芦席、竹斗篷，鸡窝里摸出个热乎乎的红皮鸡蛋，拿到供销社去，就能换回一个顶针，三五块水果糖，或是老奶奶用来盘鞋口的扁带子。

供销社里，一个月结一次账。他们结账的当天，会在大门外挂出"今日盘点"的字样。

前来购物的人，一看到那样的纸牌子，瞬间便会涌起心头的不快。就要回娘家的新媳妇，都想了好几天了，要来称两斤红糖果子带上，可偏偏赶上他们"盘点"，只能俯身趴在大门缝里张望两眼。末了，还是嘟囔着红润的嘴唇走开了。赶上个性着急的愣头小子，上来踹上两脚大门再走开。好像他大老远地跑来一趟，就这样空着手回去了，心有不甘呢。

我们小孩子也不喜欢他们"今日盘点"。

供销社，是我们小孩子的乐园。常有人在那里斗嘴、说笑。尤其是阴雨天，人们不好下田干活，大伙儿都聚集在供销社里插科打诨地讲笑话。譬如大人哄骗打酱油的小孩子：

"你的瓶底子掉了！"

那种老套的把戏，明明是考验小孩子智商的。可偏有懵懂的顽童真要去翻看瓶底呢！这就逗得人们乐得不行。如果，正在说笑的人，猛然间鸦雀无声了，那一定是进来位漂亮的小媳妇，或是我们村的干部买烟、沽酒来了。

乡村供销社，各色人等，各类乡事，都汇集在那儿，就连乡上邮递员带来的邮件，也都摆在柜台上，让前来购物的乡邻自个儿领回去，或是帮助别人领回去。

供销社进煤的那天下午，大张与小李虽然没有打出"今日盘点"的字样。但他们挂出了"今日进煤"的告示牌，同样是暂不售货呢。小街上人家，先是矜持了一阵子。但很快便意识到，煤车从门前经过，同样也是有乐儿。

咋的啦？落煤捡煤呀！

原本就是雨天流水的小街，坑洼不平，煤车一过，"哗啦"抖落下一层子黑乎乎的煤。

供销社里总共就大张与小李两个人。一个在船上"点卯"，一个在供销社的院门口过数儿。

船上，每推下一车煤，小李就在那煤车上插上一个号牌。譬如1号车、2号车、3号车，一直就那么"插"下去，生怕中间"走了号"——煤车被人推到自家去。

大张坐在供销社大门口的折叠椅上，来一辆煤车，他收一个号牌。大张手中的号牌数，自然就是小李在船上"放出"的号牌数。

在大张与小李看来，从村东盐河口的小码头，到村上的供销社，前后不过两三里路的样子，他们两人，一个把在船头发煤，一个在供销社院门口收煤。理应万无一失。

可他们没有想到，村街的道路不平，推煤车的人，弓腰拧屁股，车轱辘颠到坑洼处，车上的煤就会"哗啦"流淌下来一些。遇到石子、瓦片垫到车轱辘上，更是要在路面上"落黑"一层子。

小街两边的人家，哪个不晓得煤是好燃料。而今，煤块就流淌在自家门口，那还不赶快扫起来。这一扫，自然就盼着落煤越多越好。

于是，家家户户都出来扫落煤。有的男人，推着煤车路过自家门口时，还要专门奔着门前的石块去"颠"呢。更有甚者，干脆找根棍子，横在路上，让煤车从棍子上"颠"过去。

就那，盐河口那两船煤卸完以后，供销社的院子里，仍然堆起了一座威武的小煤山。

那个冬天，周边几个村庄的人家煮饭、取暖，都来我们村供销社购煤。唯有我们村上沿街的人家，他们无须购煤，却不缺煤烧。有几户人家，当天扫下的"落煤"，舍不得烧，直到第二年开春，墙脚那儿还有一些没烧净呢。

转年秋后，天气变冷。沿街人家盼着供销社再去购煤、售煤时，没料想，人家不但没有那样的意向，反而将上一年购煤、售煤的大张与小李悄无声息地给调走了。

这个时候，小村里的人突然感到失落茫然了。他们隐约觉得对不住大张与小李呢。有几个好心的婆娘，打听到大张与小李并没有走远，就在相邻的另一家供销联社里工作，她们便相约着，攒了些鸡蛋、大枣、咸鱼干，准备这几天就去看看他们俩。

抬鱼

送　亲

小鱼子的姐姐，我得喊她姑，是堂姑。她与我父亲是亲叔辈兄妹。她出嫁的时候，我给她做的书柜。

那年我虚岁十五，正读初二。

左邻右舍，东家送来几包红糖果子，西家送来几扎油炸馓子。我都要在一个名为"禧簿"的红纸本子上给记下来，以备将来对方人家有类似的事情时，小鱼子家这边好对照着"禧簿"还人家。赶到小鱼子的姑、舅、姨来上禧礼时，他们递上来的，是一个一个红纸包，里面包着两块钱、四块钱不等。最多的一个红纸包里是六块钱，那是小鱼子的舅舅递上来的。

小鱼子的舅舅叫刘茂成，我给他写成了"刘冒成"。对方不识字，但他认识自己的名字，当他看到我落笔写下那个"冒"字时，误认为我在记录别的什么人。所以，他手捏着自个儿的红纸包，半天不肯递给我。一时间，弄得我怪尴尬的。

出了喜月，小鱼子的姐姐回娘家这边过了几天以后，又要回到婆家去时，娘家这边，选了一个日子（提前告诉她婆家那边），要送小鱼子的姐姐再回到婆家去。

小鱼子家物色送亲的人选时，可能是觉得一个月前，我帮助他们家记过"禧簿"子，正好借那个机会犒劳我一下，便让我与小鱼子去送亲。

这在 20 世纪 70 年代初，人们吃饭穿衣还很困难的时候，可是一件令人兴奋的好事情——可以吃一顿油水丰厚的饭菜呢。

我记得，当天我专门请了假去送小鱼子的姐姐。路上，我和小鱼子一推一拉地推着一辆独轮车。

我的个子高，年龄又比小鱼子大几岁。所以，我推车，小鱼子拉车。小鱼子的姐姐穿得漂漂亮亮地跟在我们身后。按理说，小鱼子的姐姐应该坐在车上，让我和小鱼子推着她走。可她担心我们俩年龄小，推不动她。再者，小鱼子的姐姐又不是小脚女人，她自个儿走得动路的。那种用车辆送亲的仪式，是旧时女人裹脚走不动路儿而延续下来的。

旧社会，女人们把脚都裹成个三角粽子状，只能在家围着锅台转，走不得远路。婚后回娘家，或是从娘家这边到婆家去，都需要丈夫或是自己的兄弟、娘侄儿，接来送去。

小鱼子的姐姐是一双大脚板儿，走起路来，比我和小鱼子还要快呢。我和小鱼子当天推着车子去送她，完全是一种仪式，或者说是一种摆设。

我们送亲的车子上，一边放着一个新崭崭的斗筬子（八斗筬），那里面装着一捆子用红布包裹着的粉条子和油炸馓子；车子的另一边，象征性地摆放着一个长条的蒲草团子和一床碎花的小薄被，那物件原本是让小鱼子的姐姐坐在车上，盖住腿脚，让我和小鱼子推着她回婆家。可当天，她没有坐到车上，我们是推着空车子送她的。

其间，走至半路，小鱼子的姐姐看路上行人稀少，她还叫着我的小名，问我："累不累？"

抬
鱼

我说："不累。"

"要不要我来帮你推一会儿？"

我说："不用。"

小鱼子的姐姐要帮我推车子那会儿，她已经不把自己当成新娘子了。她看我们两个半大的孩子，推着一辆"咣当咣当"的空车子，头上直冒热汗，认为我们是累的。其实，我是不会推那种左摇右摆的独轮车。

好在，小鱼子姐姐的婆家不是太远，出了我们村子，穿过一个村庄，又翻过一道山岭，总共也就七八里路的样子，不到半晌，我们就把小鱼子的姐姐送到她婆家了。

小鱼子姐姐的婆家住在镇上。

我和小鱼子推着车子走到她婆家时，那户人家正在院子里杀鸡。我和小鱼子看吃饭的时间还早，两个人就到镇上供销社那边去看人家扯花布、收购鸡毛鸭毛去了。回头，他们家饭菜做好以后，找我们回去吃饭时，还请了好些近门的长辈过来陪着我们两个小孩子一起吃饭喝酒。

我和小鱼子不会喝酒，可人家按照礼数，也给我们跟前的酒盅里斟满了酒。

我们只能跟着他们大人吃菜。

我说的"跟着吃菜"，是说人家吃菜时，我和小鱼子就拿起筷子吃菜。人家大人们喝酒，或停下手中的筷子说话时，我们俩也要把手中的筷子停下来。这些礼数，都是在家时大人们教给我们的。

这样说来，那种饭桌上一起举筷子、吃菜的阵势，有点像乡间击打锣鼓板儿，领头的鼓手将鼓槌儿兜邦一响，大锣、小锣、铜镲子也都跟着响了。鼓槌儿一停，所有的家什儿也都要跟着停下来。

印象中，当天饭桌上一个长胡子老人不动筷子，整个饭桌上的人都不会去动筷子。

就那，我和小鱼子也都吃饱了。因为，小鱼子的姐夫，老是往我和小鱼子的碗里夹菜。其间，他还把一只鸡腿夹给了小鱼子，但他没有把另一只鸡腿夹给我，而是夹给了那个坐在上席的长胡子老人。

饭后，我和小鱼子推上车子要走时，他们家假假地要留我们过一宿再走。那是客套话，我们在家里时，大人们都交代过了，让我们吃过饭以后，在酒桌上陪人家稍微坐一会儿，就可以起身回来了。

我和小鱼子完全是按照大人们交代给我们的那样做的。我们拾掇车子真要走，对方也没有再挽留，他们家给我们一些"回礼"（也就是我们上午带去的粉条子、糖果子之类），同样用红布裹了裹，就让我们回去了。

临出院门时，小鱼子的姐夫，忽然走到小鱼子跟前，戳戳弄弄地塞给小鱼子一张纸币，葱绿色的，我知道那是两块钱。

我在后面推着车子看得很清楚。原认为他塞给小鱼子两块钱以后，返回头来就会以同样的方式再塞给我两块钱。

在家时，我妈专门交代过我，若是你姑夫给你钱，你不要伸手就拿着了，那样太丑了。我妈让我跟人家推让推让。就是嘴上说"不要不要"，手上又拿着的那种。

抬鱼

可我没有想到，那个我要喊他姑夫的男人，只给了他内弟（小鱼子）两块钱，没有给我钱，他只跟我客气了一句，说："以后，有时间来耍，昂！"

然后，他冲我和小鱼子招了招手，就算是送我们走了。

那一刻，我心里忽然觉得凉凉的，以至于当天吃下的那顿油水丰厚的饭菜，我都觉得没了味道。

回到家，我妈看我没有提钱的事儿，便问我："你姑夫没有给你钱？"

我如实跟我妈说："人家给小鱼子了，没有给我。"

我妈半天没有言语。末了，我妈轻叹了一声，说："哎！一拃没有四指近呀。"

我知道，我妈说的是小鱼子与他姐夫近，与我这个做妻侄的，自然就远了一层。

但那种送亲钱，又叫"脚力"钱，既然给了小鱼子，也应该给我一份儿。我们俩是一块儿去送亲的。况且，当天推车子的是我，又不是那个个头瘦小的小鱼子。我心里觉得怪委屈的！

那件事，转眼已过去近五十年了。可每当我想起那次送亲，总觉得有什么东西压在我心里。细想一下，那并非我母亲说的"一拃没有四指近"的理儿，而是那个年代，人们普遍都太穷了。小鱼子的姐夫，也就是我口口声声喊他姑夫的那个高高大大的男人，难道他不懂得给我两块钱，让我和我的家人脸上好看，他自个儿脸上也好看吗？他一定是懂得的。

小　退

小退，舅家表妹。不是亲表妹，但很近。她父亲与我母亲是嫡堂兄妹。

小退的上面还有一个姐，叫错。究其缘由是重男轻女。生个女孩称为"错"，再生女孩便要"退"。好像那样给女孩起名字，就可以寓意着后面能生到男娃一样。

小退家，住在我舅家后面的一条巷子里。两间茅草屋，很低矮，乍一看，像是盐坨边上看守盐田的那种"盐帽子"房。可进屋以后，会感到室内的空间显得大一些。原来是地基往下坐（挖）了一块儿。这在后来盐区人的建房中是不多见的，以至于多少年以后，我想起小退表妹时，总是会想到她家住在地表以下。甚至是想到她们家住在"地洞"内，很担心下雨天，她家屋内会灌进雨水。

我头一回见到小退表妹时，她单手捂在右腿的膝盖上，脸上含羞带笑地从她家那两间低矮的小茅屋里出来。她腿上有残疾，小儿麻痹症留下的后遗症。但她看到我这个小表哥时，尽量在我面前站得直立一些，以至于与我面对面地讲话时，她会把手从膝盖上移开。

那个时候，她有十二三岁，知道自己腿上有缺陷，懂得见人害羞了。可以想到，平日里她除了背着书包，身子一歪一歪地去

抬鱼

上学，几乎就不怎么出门了。所以，小退表妹给我留下最初的记忆比较迟。我那时候，可能上初中了。小退表妹正读小学，她比我小三岁。

我读大学时，她考上了我们县里最好的高中。

三年后，她参加高考时，分数考得很高。但在体检的那一关时被刷下来了。时间应该是 1981 年，或是 1982 年。那两年，国家对考生体检把控得非常严。

至今，我都难以想象当初小退表妹高考体检被刷下来时，她是怎样的心情。她是不是抹着泪水，咬着嘴唇，拍打着自己那条残疾的腿，问它为什么不能直立？问黑夜、问自己为什么不能去上大学？

小退表妹扔下书包以后，学起了裁缝。

当时，小退表妹家里穷，她没有钱买布料，便去大队会计室找来旧报纸，无师自通地剪出衣领、衣袖，然后把它们组合起来，就是一件可以穿在身上的"纸衣服"。如果命运就那样让小退表妹一直走下去，她的未来，一定是一位出色的乡间裁缝。其间，有媒人上门给她提亲。对方的家庭条件好，"下礼"时，男方出的礼金很高。但那男人可能长相一般，或者是年龄比她大很多。因为，小退表妹自身的条件摆在那儿，没给她找个少胳膊的、瘸腿的男人，就算是不错了。

小退表妹是怎么答应下那门亲事的，我不知道。等我知道小退表妹又到我读书的那所中学去复读时，国家高考制度有所放宽了，对于小退表妹那样腿上有残疾的考生，准许报考师范、医学类院校。这对于小退表妹来说，如同黑暗中看到了一缕曙光，她

当即扔下手中的裁缝剪刀，义无反顾地去复读了。

当年暑假，小退表妹参加完高考以后，我正好回乡休假。小退表妹单手捂住膝盖，徒步八里，找到我家。我以为她要跟我说她高考的事，可她把我扯到当院的石磨旁，从衣兜里摸出一封"三角信"递给我，说是我读高中的那所中学的一位年轻女老师托她把那封信件转给我的。小退表妹一定理解为那是对方的求爱信。事实上，那是一封叙旧的信件。当然，也不排除对方有那么一层暧昧的意思。小退表妹怕耽误了我们的美事，她亲自把那封信件送给我。就在那一年，小退表妹考上了我们市里的教育学院。她接到大学录取通知书时，第一时间把她的喜讯告诉我。我给她回信，鼓舞她好好读书，激励她扬起生活的风帆。她给我回信时，说了她们学院的情况，还把她们学院里较为活跃的几个男生的情况写给我，并想象我在大学里读书的那会儿，也是那样活跃的男生呢。

可以猜到，当时小退表妹一定是喜欢上她们学院里那几个活跃的男生，否则她不会在书信中抒发对他们那样的崇拜。我给她回信，让她向前看，向着自己理想的目标去追求、去奋斗。因为，我知道她在乡下已经定亲。我不好对她多说什么。但小退表妹在回信中或多或少地透露出她对乡下的亲事不满。可对方对她又很无微不至，以至于在她读书期间，到她学院去送吃的、送穿的。还在那期间，把她老家那两间"盐帽子"房屋给翻盖成三间红砖到顶的大瓦房。那一切，对于小退表妹来说，无形中增加了很大的"婚姻束缚"。似乎那一件件吃的、用的，包括那几间红砖大瓦房，都成了一块块堵塞他们婚姻的"漏洞石"，让她一次又一次地陷入不能自拔的婚姻束缚中。

寒假，小退表妹回乡时，可能与家人透露出她不想再延续那门婚事的想法。家里人异常气愤。一是男方"贴"给她们家太多；再者，20世纪80年代初，农村男女青年，一旦下了礼金，那就是婚约，好比当今拿了结婚证。所以，小退表妹想退婚的事，遭到家人劈头盖脸地痛骂。小退表妹无言以对。

那个寒假，小退表妹是怎么度过的，我不是太清楚。

我只记得，转年夏天，我去泰山游玩回乡，得知小退表妹抗婚未果——喝农药自杀了。

还听说，小退表妹死后，她读书的那所教育学院来了几十个男男女女的同学，他们带着鲜花与诗歌，到小退表妹的坟前作了祭拜。好多女生当场都哭了。

我能想到，那场同学的祭拜，应该是小退表妹生前死后，最为辉煌而又隆重的一次专门为她举行的仪式了。

小退表妹生活在苏北最底层的乡村，她走过最远的路，就是到我们市里去读书。她连省城都没有去过。她知道的北京、上海，都是在书本上了解到的。她唯一想改变的，就是考上大学以后解除婚约，却遭到家庭和社会方方面面的反对。可以想到，她一个弱女子，在抵抗不了各方压力与冲突后，最终选择自我了断生命时，是何等地无奈与无助。

小退表妹死后，我父亲曾在一天晚饭桌上，冷不丁地说了我一句："你若是不去泰山游玩，早点回来开导开导她，没准她就死不了啦！"

父亲的那句话，看似是随意说的。可那话像一块石头，压在

抬
鱼

我心中几十年。

是的，我若能赶在小退表妹将要结束自己生命的那一刻来到她的跟前，她一定不会那样四顾无助地擦湿了两包纸巾以后含泪离去。

小退表妹的坟墓埋在何处？我不知道。

转年，舅家大表哥结婚时，我和三弟去接我二姨，路过舅家村前那片沙岗子地时，我知道舅家祖上的墓地都在那一片沙岗上，便问我二姨：“小退的坟墓在哪里？”

我想去看看她。

没料想，我二姨脸色一板，好像是很生气的样子训斥我：“你去看她干什么？”

说完，二姨把脸转向一边，半天没有搭理我。

当时，我不知道自己说错了什么，还是自己做错了什么。可等我二姨再次转过身来，我却发现她的脸上挂着泪。

那一刻，我深知小退表妹的死，给舅家人造成的伤痛太大了，以至于大家庭里都不愿意再提到她，人们竭力想忘掉她。可经历过小退婚变的每一位亲人，又有哪个能从心里把她的影子抹去，把她的音容笑貌给忘掉呢？

加　急

　　小虎的奶奶可能不行了。

　　盐区这边，说谁谁不行了，就是指那个人没有什么活头了。如同医生给病人家属下达的病危通知书。但是，盐区这边的人不说"病危"。那样的话语太洋气了。倘若谁在街面上说某某人家的什么人病危了，那是会遭到乡邻们冷眼嘲讽的，认为你这个人是怎么回事，难道不是盐区人吗？说起话来，怎么还"拽文"呢！盐区人有他们独特的语言表达方式。他们对病危的人，从不说"病危"，就说某某人不行了。

　　小虎的父亲，选在小虎奶奶快要不行时，默默地到场院里挑来一担金灿灿的麦草。招引着街口的鸡们，跟在他身后，一路寻觅了好远，想去寻找麦草上残存的麦粒儿吃。可小虎的父亲把麦草捆扎得很牢实，沿街没有落下几根带有瘪麦的麦草。那些缩头伸脑的鸡们，跟了一小段距离，感觉离它们主人家太远了，一个个便知趣儿地停下。

　　小虎的父亲挑来那些麦草，是要铺在老屋的明间（堂屋）里，准备把小虎的奶奶从里屋的小竹床上移出来。这是盐区这边送别亲人最后一程的告别仪式。

　　当然，那种"移居"的告别方式，不能过早，也不能过晚。过早了，外人会说那户人家的儿女不孝，老人还没有到那一步，就给抬到明间里来了。过晚了，也就是让老人死在里屋的床上，又说那户人家的儿女不理事儿。只有选在老人汤水不进，奄奄一息时，将其抬到明间的草地上，等待阎王爷上门来领走，那才是最为恰当的时机。

小虎的奶奶，就是在那样的时候，被小虎父亲从里屋的小竹床上，抱到外面草地上的。同时，小虎的父亲还叮嘱小虎："给你二叔打信。"

打信，就是写信。

小虎的二叔在青岛。先前，也就是小虎的奶奶卧床不起时，二叔大包小包地回来看过。那时间，小虎的奶奶每天还能喝点儿蛋汤、吃小半碗面条。二叔在家陪了一段时间，感觉老人一时半会儿走不了，就与小虎的父亲商量，说他青岛那边还有事情。言外之意，他先回去，等家里老人快不行时，他立马再返回来。

小虎的父亲说："行呀，到时候提前打信给你。"

小虎的二叔，是粟裕组织队伍攻打孟良崮的那一年参的军。后来，转业到青岛一家军工企业上班。再后来，一家人也都跟着他去了青岛。平时，家中有个什么事儿，都是通过书信告诉他。譬如，小虎奶奶的腿磕断了，那是去年冬天的事情；家里面的小西屋，也就是小虎一家先前住过的那两间趴趴屋，房顶子被海风吹去一块，小虎的父亲又给修缮好了，等等。那些，都是小虎的父亲打信告诉他的。

小虎的父亲不识字。头几年，他给青岛打信时，要去找村里的教书先生。自从小虎背上书包到镇上读书，孬好认识了几个"蚂蚱腿"，再与他二叔通信时，干脆就让小虎码几句话拉倒了。当

然，每回小虎把信件歪歪扭扭写好以后，父亲都要让小虎读一遍给他听听。然后，就手给小虎八分钱，让他利用到镇上读书的时机，顺便把信件寄走。

这一回，小虎的奶奶快要不行了。小虎的父亲催促小虎："快给你二叔打信！"

小虎呢，看到奶奶从小里间里被移到明间门前的草地上，估计奶奶已经活不了几天了。所以，他在给二叔写信时，心情与家里人一样着急，巴不得当天晚上把信件寄出以后，第二天一早二叔就能从青岛赶回来。

所以，小虎在邮寄那封信件时，他一点儿时间都没有耽误。其间，也就是小虎去邮寄信件的途中，他不知怎么想起先前读过的一本有关送信的小人书。书中讲到一个放羊的孩子，给八路军传递情报时，看到信件上贴着三根鸡毛，马上悟到那是一封"加急（鸡）"信，立马抛下羊群，翻山越岭，连夜把那封信件送达到指定地点，为我八路军、武工队安全转移，赢得了宝贵时间。所以，小虎在镇上邮政所邮寄那封信件时，他也找来三根光鲜亮丽的鸡毛，粘贴在信封上，寓意着那封信件：急！急！急！

小虎甚至想到，他把那样的信件寄往青岛以后，青岛那边的邮递员，一看到信封上的三根鸡毛，一定也会像小画书中的那个牧羊的孩子一样，以最快的速度，把信件送到他二叔手中。

可小虎没有料到，那个时候，新中国成立还没有几年，东部沿海地区的敌特势力还在暗中活动。人民群众反特、防特的思想意识都比较高。譬如《海霞》电影中，那个台湾特务，把电台藏在他的瘸拐腿那儿，乘坐橡皮船，来到大陆收集情报，想搞破坏，很快就被沿海的民兵给抓到了。小虎把那封贴着三根鸡毛的信件寄到青岛以后，当地的邮递员看到信封上有异样，并没有按正常程序送达那封信件，而是移交给辖区派出所去处理。

辖区派出所从维护国家安全的角度出发，自然要探秘信件中是否有敌情。这样一来，那封信在途中就耽搁了几天。

回头，等公安部门把那封信"解密"以后，再通过邮递员，传递到小虎二叔的手中时，小虎的奶奶早已经病逝了。

在那期间，小虎的父亲可着急呢，他问小虎："你是哪天寄出的信？"

小虎说出他寄信的准确日期时，并没有透露他在信封上粘贴了三根鸡毛。

正常情况下，从苏北盐区往青岛寄信，两三天就到了。而小虎的二叔从青岛乘车回来，当天就可以到家。可家里人等到第四天、第五天，一直等到第六天，也没有等到小虎的二叔回来。

"这是怎么回事？"

小虎的家人们急得团团转，小虎的心里也毛躁躁的。

"是不是因为信封上贴了三根鸡毛，那封信被当作废信处理掉了？"小虎自个儿在心里那样想。

若真是那样，那可就耽误家中的大事了。小虎想，要不要再追加一封信给二叔？可那样的念头在小虎的脑海里一闪，他又觉得二叔或许就在第二天，或许是当天夜里，甚至是下一分钟里，就会出现在村口的小路上。于是，小虎便一次又一次地去村口张望。时间就那样一天一天，甚至是一个小时、一个小时地拖延下去。直至九天后，小虎二叔才从青岛风尘仆仆地赶回来。

抬鱼

可那时间，家里的丧事早已经料理完了。

二叔遗憾没能见上母亲最后一面。家里人却埋怨他为什么回得那么迟。末了，等大伙儿弄明白是信件在途中"走"得太慢时，全家上下也都不再说什么了。

唯有小虎，他似乎意识到那封信在路上走得慢，就是因为那三根鸡毛。但他在家人面前，始终没敢透露出那个秘密。

那年，小虎虚岁十二，正读小学四年级。

新　婚

大川结婚了。新媳妇是梁家河子的。

盐区这地方，沟湾河汊子多，水泡子多，堤坝也多。依水而居的人家，多以姓氏和所居住的水源，来给自己的村落起名字。譬如朱家沟、王家坝、梁家河子，都是因为村子里面朱姓人家多，或是王姓人家落居得早，就周边的沟河堤坝而取名朱家沟、王家坝，或是梁家河子。

集市的地摊上，买卖双方，往往会因为三五分钱的零头，在那儿争执不休。临到最后付款成交时，相互间的语气自然会和气许多，甚至还会叙起家常，一方问："哪个庄上的？"

另一方回答："梁家河子的。"

"姓梁？"

"姓梁。"

"呀！我们还是亲戚呢！俺家侄子媳妇，就是你们庄上的，姓梁。"

"是吗，谁呀？"

"……"

他们说的是大川的媳妇梁小良。

刚刚还在为那三五分零头钱，一个不买，另一个不卖呢，这会儿都谦让起来。

抬
鱼

中华人民共和国成立以后，大川的媳妇梁小良做过盐区识字班的队长，周边几个庄上的人都认识她。她嫁到大川家这个村子里以后，这个村子仍然推选她当妇女队长。

那媳妇做事情利落。新婚第二天，大川领她给爹妈磕头，给伯父、大娘、叔叔、婶子们磕头（认宗亲）。临到给姑、舅、姨磕头时，小良私下里问大川："怎么没见到咱老姑？"

大川开始不语。

赶到晚间，小两口熄灯上床以后，小良又想起大川老姑的事情来，她扳过大川的肩膀，问："咱老姑呢？我怎么一直没见着？"

大川看事情不好再隐瞒，便如实告诉小良说："咱家与姑家，几十年都没有来往了。"

小良问："为什么？"

大川略顿了一下，说："为气穷！"

赶小良再往深处问时，大川就不说了。

小良觉得奇怪。怎么为气穷，与老姑几十年来就不来往了呢？话再说回来，那些年（指中华人民共和国成立前），盐区这边的土地、盐田都掌控在地主老财和盐商们手中，做佃农的、打盐工的，哪家不穷哈哈的？可再穷，也不能割断了亲情呀！

大川看小良满脸疑惑，便跟媳妇亮出实底，说："为了一双鞋。"说完，大川又补充说，"就是那种东北人带回关内来的棉捂儿鞋。"

大川的姑夫是东北客。

盐区这边所说的东北客，是指水乡穷苦人家的男儿们，到了讨媳妇、娶老婆的年龄时，仍然没有媒婆登门，那就要咬紧牙关、握紧拳头，去东北闯荡几年了。混两身好看的新衣裳，再带回一些积蓄，或东北的貂皮、人参、黑木耳，就可以招引到盐区这边的大姑娘、小寡妇们的喜爱。

可大川那老姑夫，在东北闯荡了几年以后，只混得一身好皮囊（带回几件好看的新衣裳），看外表，挺光鲜的！可他手头并没有多少积蓄，以至于大川的老姑嫁过去以后，还要靠娘家接济些粮草度日月。

那个时候，大川的爷爷、奶奶还在。老姑娘回到娘家来，明着是看望爹娘，暗中却是瞒着哥嫂，带走些食物与用物。一来二往，大川娘便有所察觉。有一回，大川的老姑用一件破旧的外衣，遮盖住半篮子玉米往外走，正好被大川娘给堵上了。

当时，大川娘的怀里正抱着大川。

姑嫂二人，一个门里，一个门外。

嫂子想知道姑子臂下的篮子里装的是什么，姑子却不想让嫂子看到她将要带走的那半篮子玉米。

那个当口，姑嫂之间到底发生了什么，因为年代久远，不好再去对证。但是，接下来发生的事情，姑嫂二人各执一词（各说各的理儿），让两家人相互怨恨了几十年。

其一，是嫂子，也就是大川娘，她把怀中的大川递给姑子，谎称她的裤腰带要开了，她让姑子帮她抱一下大川，她要紧一下腰带。可等姑子把她手中的篮子放在地上去接抱大川时，做嫂子的却弯腰掀开了篮子，看到了她篮子里那金灿灿的玉米。

当时，大川姑的脸，就"腾"的一下，羞红到了脖子。

盐区这边，嫁出去的姑娘，回到娘家来带走财物，是极为不

抬
鱼

光彩的事情。可做爹妈的，看到姑娘嫁了户人家吃不上饭，宁愿自己少吃一口，也要给姑娘留一口食物，十指连心呀，做爹妈的，哪个儿女都疼爱。

而大川娘要张罗这一大家子的吃喝，她哪能容得下小姑子带走家中保命的粮食。大川娘不冷不热地说姑子："俺家里也快断顿啦！"言外之意，那玉米是不能拿走的。随后，她便拎起那半篮子玉米，倒回自家的缸里了。

其二，也就是大川娘把姑子那半篮子玉米给截下来以后，大川的姑恼羞成怒，就上手把大川脚上的一双棉捂儿鞋给扒了下来。那是大川的姑夫闯关东时带回来的。当初，大川的老姑是为了讨好娘家的哥嫂，才送给大川的。而今，嫂子连半篮子玉米都不肯给她，那双棉捂儿鞋她也要收回了。

那年月，那种胶皮底的棉捂儿鞋，都是东北客从关外带回内地来的，它的前头有胶皮包住鞋尖，后头还有块半圆的胶皮兜住鞋跟儿，里面是棉毛绒的，穿在脚上，防水又暖和，大人、小孩子都非常喜欢。大川姑夫当初把那样一双小巧而又暖脚的鞋子送给大川，也算是一件很贵重的礼物了。

而今，姑嫂二人，为了半篮子玉米，将怒气直接转嫁到大川的身上了——大川的老姑，硬生生地从大川的脚上，把那双棉捂儿鞋给扒下来带走了。

这件事情，在大川记事以后，曾多次听娘在他耳边絮叨过。后来，随着年龄的增长，大川每当在街上看到谁脚上穿着那样的棉捂儿鞋，他心里就像捂上了一把盐一样不舒服。在大川看来，那样的棉捂儿鞋，如同一粒怨恨的种子，在他的内心深处扎下了根儿。也就是说，大川在不知不觉中，也同母亲一样，怨恨上了他的老姑。

当然，这里面最为怨恨的，还是大川的母亲与大川的老姑。那一对姑嫂，为了那半篮子玉米，或者说是为了一双棉捂儿鞋，已经有二十多年没有来往了。尤其是大川的爷爷、奶奶相继过世以后，大川的老姑，再也没有回过娘家，更没有登过哥嫂的家门。

大川的新媳妇小良走进这个家以后，想到去叩拜姑、舅、姨，这才知道婆母与姑婆（老姑），还有那么一段难解的恩怨。小良思量再三，跟大川说："当初，咱娘与老姑之间，无论是因为那双棉鞋，还是因为那半篮子玉米，都不是冲着咱们晚辈人来的。要说这里面谁对谁错，那是她们老一辈人的事情。咱们做晚辈的，不应该顺延她们的仇结。"

小良跟大川说："你还是领我去认认咱们的老姑吧！"

大川说："这事情，就怕俺娘不认可。"

小良说："那咱们先不跟娘说。"

大川想了想，媳妇的话在理儿。或者说，大川在媳妇的劝导下，以领着新媳妇认姑婆为借口，赶在新婚蜜月里，提上他们新婚的糖果，前去拜见他们的老姑。

老姑一见娘家侄子领上新媳妇登门，一时间喜泪相迎，第一句话便问："是你妈让你们来的吗？"

大川与媳妇，异口同声地说："是。"

刹那间，埋在老姑心里几十年的恩怨，如同一堵不堪重负的老墙，在一场温润的春雨到来时，轰然倒塌了。

第二天，天还没有放亮，老姑便嚷嚷着喊起了儿子。她让儿子用独轮车推上她，回到了她几十年来魂牵梦绕的娘家。

姑嫂二人，再次相见时，谁都没有说什么，上来就抱在一起，呜呜地哭了。

老　谎

胡茂德，外号老谎。

在盐区，你打听胡茂德，没人知道是谁。你若问到老谎，街口玩尿泥的小孩子，都能在前头跑着，带你找到他家里。

盐区这边给人起外号多与鱼虾有关。譬如臭勒鱼、鳞刀梢子、胖头愣。前者，是因为那户人家的男主人，捡了一条变了味道的臭勒鱼回家烧了吃了，还夸下海口说那臭鱼的味道好。人们就送他外号——臭勒鱼。后者，鳞刀梢子，是一家新娶的媳妇，出奇地苗条，从头到脚，瘦得像细长的鳞刀鱼尾端那段细梢子。而胖头愣则指一户人家，从爷爷到孙子，个个都长得胖乎乎的，心眼子又不是太多。如同海边的胖头鱼似的，整天傻不拉几地趴在石窝、泥坑中等人来捉拿。而老谎这外号，在盐区"鱼龙混杂"的诨号中，怎么就叫得起来呢？

究其原因，那外号可藏着智慧哪。

老谎年轻时当过兵，国民党的兵。两军开战时，冲锋号一响，他总是第一个跳出战壕，奋不顾身地往敌人阵地上冲。乍听这话，你会觉得老谎是个大英雄，打起仗来不要命。其实不是那样的，老谎那人可鬼着啦，他知道跳出战壕的那一刻，对方子弹的射程不可能波及他，他才那样勇敢。一旦对方阻击的枪声响了，或是后面的战士冲上来，他就伺机假装中弹或是扭伤了腿脚，找一个

抬
鱼

土坑或水沟趴下装死。现在想来，他那种行为，有点儿像当今足球场上的"假摔"。待战斗结束后，身边的战友"光荣"了，他却毫发无损地活下来。

老谎的这个"秘密"，是数年以后，他退伍回乡，在一次酒桌上自我吹嘘时吐露出来的。由此，人们送他外号——老谎。

具体是不是他说的那样，冲锋号一响，他就可以"假摔"装死，这个问题有待考究。但是，有一点得承认，老谎在对敌作战中，颇有一套"独家智慧"。他说，在战场上躲避战火时，要挑选敌人刚刚炸过的弹坑藏身，才相对安全。这是有道理的。世上没有两片相同的叶子。而战场上两发炮弹或多发炮弹，同时落进一个弹坑的概率也是很小的。所以说，老谎在战场上九死一生地活下来，确实有他自己的一套生存技能或"作战"技巧。

后期，老谎被八路军俘虏了，他看到大势所趋，带头转变思想，参加了革命队伍。

接下来，也就是淮海战役结束以后，一部分官兵要继续南下，抢渡长江；一部分官兵要留下来，巩固后方工作。老谎选择了后者。

新中国成立以后，国民事业进入了全面建设时期，老谎看到"七级工、八级工，不抵农民半垄葱"，他便向组织上打报告，要求回去建设自己的家乡。这一步，他后来知道走错了。因为，与他一起当兵的战友，凡是留在队伍里，或是一直坚持做地方工作的，后来混得都比他好。

好在数年以后，老谎儿孙缠膝，政府每月发给他一笔数目可观的老兵津贴，他在家门口又摆了个凉菜摊，弄点三文不值两文的萝卜丝、豆腐皮、水煮花生米，哄骗乡邻，谎称他那是最好的下酒菜，也让他赚到一些钱呢。

后期，也就是儿媳妇小梁娶进门，接替了他的凉菜摊。那小媳妇在门口搭了一个四面摇晃的布凉棚，把一盆一盆自家拌制的黄花菜、千张子、水煮花生米，如同戏台上的架子鼓一样，全都摆到了街面上来，生意比老谎做得好！

老谎那儿媳妇，手巧，心眼子也多，她在凉拌豆皮里撒上黑芝麻（白里见黑）；反过来，在乌黑的地卷皮、海带丝里撒上白芝麻（黑里见白），可显眼。她还专门挑选午间或傍黑上客的时候，在门口支个小炉子，"嗞嗞啵啵"地煎小鱼，油炸那种滚过面糊的"弯口"虾，让你老远就能闻到香味儿，想不买都不行。

盐区这边，男人忙着上船打鱼，女人在家织网、晾晒鱼干，家中突然来了客，或是好酒的男人劳作了一天，晚间要想弄两盅时，婆娘就会喊呼孩子："去老谎家拿两道菜。"

具体拿两道什么菜，那要等孩子走到跟前了，婆娘才一边摸着衣兜里的钢镚，一边交代是花生米还是凉拌黄瓜，这些都是不值钱的下酒菜。当买猪头肉拌大葱片，或是油炸两面焦的小黄鱼时，那一准是孩子的舅舅或是姑父、姨夫上门了。

那样的时候，无须使唤孩子，家中主事的婆娘便会掖起围裙，亲自去老谎家掂量几道合适的菜呢。

老谎晚年失去老伴，老兵津贴的那个小本本，又被儿子、儿媳妇霸占了。他一个人孤零零地生活在生产队场院的茅屋里，想打打牙祭，去儿子、儿媳妇那里要点凉菜，不是给他卖不出去的臭鱼烂虾，就是给他点凉拌黄瓜。弄得老谎好生苦恼。有几次，

抬鱼

他跟儿子、儿媳妇说他不想活了。其实，他那话，是唬儿子、儿媳妇的，目的是吓唬儿子、儿媳妇，要对他好一些。

可儿子、儿媳妇压根儿没拿他那话当回事。原因，也就是他那个老爸，心眼子多，说话没个正形——会撒谎。

岂料，这一天老谎动了真格，他在儿子、儿媳妇的凉菜摊前喝下了敌敌畏。

敌敌畏，是新中国成立以后，国家向农村推广的首批灭虫剂，有剧毒。现在，已经禁止在农作物上使用了。可当初上市以后，不少乡村小媳妇与公婆拌嘴，或是与丈夫斗气，想一死了之，都去抢那个喝。

一旦有人把敌敌畏喝下肚，立马就要拉去医院抢救。轻者，灌肠洗胃；重者，剖腹开膛，把胃囊拽出来翻洗干净。就那，还要赶时间，过了最佳的洗胃时间，就一命呜呼了。

老谎被抬到医院以后，医生闻到他身上的药水味怪浓，断定他喝下了不少的敌敌畏，当即将他抬进手术室，要给他开膛洗胃，他却一骨碌爬起来，说他没有喝敌敌畏。

事实上，他只是含了一口敌敌畏，捂在掌心，往身上猛"扑"了一口，弄得满身都是药水味，想吓唬儿子、儿媳妇的。

可此时，谁知道他的话是真是假，儿子、儿媳妇只想着救人要紧，硬是把他摁在手术台上，授意医生给他动了刀子。

事后，老谎捂着肚皮上的刀疤，一直怀恨是儿子、儿媳妇，故意想让他挨那一刀的。

编　织

　　西巷，二社家挽着个篮子从菜园地里回来时，路过大涝家门口，都走过去一截儿了，她又折回来，很是惊讶的样子，望着大涝家，问：

　　"呀！你不是在村东河沟里砍大柴吗，怎么这么快就回来啦？"

　　大涝家也很惊讶，她说二社家："你看见鬼了吧，我一下午都坐在家里编织殿箩子。"说那话时，大涝家一边翻弄着手中亮闪闪的芦苇子，一边用脚尖儿踢了踢她跟前已经编好的那几对像小孩脑袋瓜子那样大的殿箩子。

　　二社家轻"哦"了一声，神情里似乎是说，那可能是她看错了人啦。其实，二社家确实是看到有人在那边水沟里砍大柴呢。但那话，二社家没有直接说出来，她怕把话说得太直白了，乡邻之间会惹出什么话茬子来。但大涝家与二社家娘家是一个庄上的，她的话语里，或多或少是向着大涝家的。

　　大涝家让二社家进屋里坐坐，那小媳妇犹犹豫豫地望了望大涝家，谎称她回去还有事情，便转过身，急匆匆地走了。大涝家从那小媳妇的眼神里、口气中，似乎是感觉到什么地方不对了，莫不是真有人在他们家的芦柴地里砍大柴？若真是那样，那可要叫大涝去看看呢。

大涝家有编织芦苇的手艺。芦席子、芦斗笠，旋粮挡草的芦褶子，祭奠先人时所用的殿笋子，她都会编。还有小孩子们养雀儿、喂蝈蝈的兔头笼子，她也编得精巧细致。

大涝家过门的头一年，就跟大涝说："你去买两捆子大柴来，我想在家里编织芦席子。"

大涝知道媳妇在娘家时，跟着丈母娘学会了编织芦席的手艺，便卖掉家中一只快要生羔的黑山羊，买来三捆子粗壮的大芦柴，供媳妇在家破苇子、编席子。

过后，大涝想到自家菜园地头上有一汪清澈的水塘子，便从盐河口挖来几丛芦柴根子扔进水里。

那汪清亮亮的水塘子，原本是地主张康家人工挖掘出来，给耕田的水牛歇息时泡澡、戏水用的。周边的地块儿，早年间也都是张康家的。土改的时候，那些大大小小的地块儿，如同张康家的宅院、房舍一样，几乎是在一夜之间，均被七零八落地分割开来，划分到各家各户的名下了。唯有那个水塘子，还保留着它原来的模样。赶上雨天，周边人家田地里汪了水，可直接排泄到那汪连通东盐河的水塘子里；天气干旱时，人们也从那汪水塘子里担水浇菜、泼地。冬季，枯水季节，它也干枯，一直到第二年雨季来临，它才开始蓄水。

可大涝没有想到，他头一年秋天扔进那汪水塘里的几丛芦柴根子，转年春天，便冒出了紫莹莹的芦苇嫩芽。紧接着，春风一吹，便舒展开小绿刀子一样嫩绿的芦苇叶儿。春夏之交，那翠嫩的芦苇子，便长成了一棵棵硬硬挺挺的芦柴，见天都有"柴呱呱"（柴荡里的一种呱呱叫的鸟儿）钻进那浓密的柴棵子里"呱呱

抬
鱼

呱"地欢唱。到了端午的时候，小村里好多人家还去打芦叶儿包粽子呢。

入冬以后，柴地里的水干了，蓬松的芦花随风飘去，"沙啦啦"的芦叶便向它的主人示好："来呀，你们来把我割回家去编席子、织笼子、襻斗笠呀！"

也就是说，大涝家自从有了那小片芦柴地，家中编织芦席子、盘弄鸟笼子啥的，再也不用到集市上去买芦柴了。

可这年后秋，二社家看到有人在偷砍大涝家的芦柴，并认出那人同样是她熟悉要好的乡邻，便不好直接到大涝家来通风报信儿，只好拐了个弯子，把事情透给了大涝家，她便躲躲闪闪地走了。

大涝家醒过神来以后，马上意识到柴地里可能有事儿！她急匆匆地赶到村头小河边的打谷场上去找大涝。

大涝一听，有人在偷砍他家的芦柴，心中的火气如同麦糠撒在炭火上，火苗子"腾"的一下，就燃了起来。大涝当即黑下脸子，扛着把木锨就来了。

远远地，大涝看到是四水在那儿撅着个屁股砍大柴，便连怼带损地说："哎哎哎，四水兄弟，你在那瞎忙乎啥呢？"大涝没好说，那是我家的芦柴，你在那儿瞎砍什么？

四水直起腰来，抹了下脸上的汗水，冲大涝勉强地笑了一下，说是家里的小锅屋要塌了，砍两把芦柴，回去把小锅屋的房顶子插补插补。

大涝说："那芦柴，是我栽给你嫂子编织芦席子用的。"言外之意，那是你随便就能砍的吗？

四水支吾了一句，说："这河沟，可不是你一家的。"四水那话里的意思是说，这河沟也在他们家的地头上。

是的，那河沟的西边是大涝家的菜园子，东边就是四水家的水田。当初分地块的时候，也没有明确那水塘子是谁家的。这样说来，那汪水塘子应该是他们两家共有的。你大涝家能在里面砍芦柴，他四水自然也能砍。况且，谁都知道那芦柴砍下来以后，挑到集市上就可以卖到钱。

四水没好说，前两年你砍芦柴的时候，就应该给他四水留一部分，你们两口子倒好，不声不响地全砍回家了。说是编芦席子、织殿箩子，所卖的钱呢？给我四水一分没有？

当然，那话四水是在心里说的。四水嘴上只"咬定"那汪水塘子不是你大涝自己家的。言外之意，他也有资格来砍芦柴。

大涝气陡陡地说："那沟里的柴可是我一棵一棵地栽下的。"

四水谎称："我也栽了呀！"

大涝看四水那个熊货跟他胡搅蛮缠——不来理儿。上来就把四水手中的砍刀给夺下来，"嗖"的一下，扔出了八丈远。

四水的个头没有大涝高，力气也没有大涝大，大涝把他的砍刀给夺下来扔掉以后，他一点鼻子擤都没有（没有应对的招数），自个儿灰头土脸地爬上河坡，磨磨叽叽地弯腰捡起那砍刀时，他斜了大涝一眼，憋着一肚子气，走了。

大涝担心四水还会伺机来砍芦柴，夫妻二人，连夜把那小片芦柴全给砍回家了。

过后，也就是大涝媳妇走在街上，看到四水走在她对面时，别着个脸子不看她，她心里怪难受的！大涝媳妇甚至觉得家中老老少少的几代人，与那四水同住在一条小街上，老是这个样子也怪别扭的。于是，那女人便选在一日晚间熄灯上床以后，与大涝叨咕说："赶明年，把河沟对面的那几丛芦苇子留给四水吧？"

大涝说："屁！"

大涝说四水是个屁时，显然是没有把四水放在眼里。他心里可能还在骂四水那个不来理的熊货呢！

可令大涝没有料到的是，第二年春天，那片芦苇刚冒出紫莹莹的嫩芽，却像是后秋的雏鸡仔儿患上瘟疫病一样，蔫头耷脑地没了生机。

刚开始，大涝认为是倒春寒，把那些破土而出的芦芽儿给冻坏了。可过了几天，历经太阳曝晒以后，那些蔫伏的芦芽周边，泛起了一层白乎乎的土屑，大涝这才感觉到事情并没有他想象得那样简单，他弯腰揪下一枚芦苇尖儿放在口中嚼了嚼——恶苦。显然是被谁人为地泼上盐田里的卤汁，把那些稚嫩的芦芽全给腌死了。

大涝猜到是四水干的。

但这一回，大涝没有去找四水理论。而是选择了沉默。很显然，大涝也觉得前面的事情，他做得有些过了。

事后，大涝媳妇瞒着大涝，托西巷的二社家，给四水家女人送去了两张崭新的芦席子和一个旋粮挡草用的芦褶子。

翻过年来，令大涝意想不到的是，那片芦苇地里，又冒出了一片紫莹莹的芦苇嫩芽儿。

闫　大

大奶来得可突然。

好像就是上个集日的傍晚，小村里家家户户正吃晚饭呢。忽而，闫家巷口那儿"噼啪噼啪"地炸响起一挂小鞭。烟雾升腾中，几个推车、挑担的人，如同被渔网子罩住的怪物，影影绰绰地在那团淡青色的烟雾中忙碌。

一群孩子，从闫家巷子里跑出来。他们去踩地上萤火虫般的鞭炮火星儿，感觉到脚下有硬物儿，那或许是没有燃爆的鞭炮（哑炮），相互争抢着捡起来，以便找个更加黑暗的地方，去掰开来点燃鞭花玩，或是选个白天去场院里炸牛粪。紧接着，两盏橘红的灯笼，一前一后地照耀着三五个头发梳理得光滑的婆子，喜盈盈地从闫家巷里迎出来。她们前呼后拥地围到一辆独轮车的跟前，把一个发髻上斜插朵紫红花的女人扶下车。之后，先前那两盏一前一后的灯笼，便一左一右地照耀着那女人的一双秀脚，一步一闪地迈进了闫家巷内。

那个被扶下车的女人，后来便是闫大的婆娘——大奶。

闫大家这一支，辈分高。老二家的媳妇叫二奶。闫大所娶的女人，可不就是大奶。

盐河这边，晚间迎娶的女人，多为寡妇再嫁。

这种习俗，好像是说寡妇再嫁，羞于见人，干脆就选在晚间。

迎娶寡妇时所点燃的灯笼也不是大红的。以区分她不是头水的大姑娘。那种感觉，类似于一杯嫩绿的香茶，泡了再泡，枝叶虽说还在杯中，可味道已不像先前那样浓郁了。

大奶的前夫出海打鱼死在海里了。至今，四五个年头过去了，连个尸首都没有找回来。此番，她改嫁给闫大，是揣着"包袱"来的——肚子里怀了崽儿。

这事情，之前都是谈妥了的。

那日，西街的赵媒婆找到闫二，问他："能不能把镇上高家的媳妇领过来，给闫大做女人？"

赵媒婆所说的高家，是镇上一户财主。

闫二的笑容僵在脸上，模棱两可地问了一句："行吗？"

闫二那意思是说，高家那媳妇，虽说已是残花败柳，可人家毕竟是富贵门里的俊媳妇，怎么会屈嫁给他家闫大做婆娘呢？闫二没好说，他家闫大，看起来人高马大的，可他缺少心眼子，用盐区人的话说，闫大那脑瓜子里八成是进了卤水了——呆板着哪。

赵媒婆轻叹一声，说："嗨！她都跌到那个份上了（指那小寡妇有了身孕），高家人巴不得当作一坨牛粪，把她快点铲走呢。"

闫二听了赵媒婆那话，感觉有些道理。当下，连与闫大商量都没商量，就把事情给应承下来了。

接下来，闫家这边就开始为闫大收拾婚房。

刚开始，闫二想，就闫大在南场院看谷草的那间小草屋，里外帮他收拾一下，再换一张宽敞点的大床，也就罢了。

没想到，闫二的这个想法，遭到本族长辈们的不满。众人说，闫大虽然有些呆傻，可他那将要娶进门的媳妇，却是见过世面的。

言外之意，你闫二哄得了闫大，哄不了闫大那媳妇。闫二这才意识到，理应把祖上留下的家业分给大哥一半。

于是，闫二将老宅的东院，让给了闫大。

本来，闫大就住在东院。可自打闫二把媳妇娶进门，嫌闫大碍眼，便打发他到南场院看谷草去了。

其间，闫大白天跟着闫二干活，晚间回到南场院睡觉。可那闫大，看似傻了吧唧的，饭桌上却贼眉鼠眼，老是往弟媳怀里瞅。闫二怕出事情，便让他在南场院里另起锅灶。

现在，闫大回故居完婚。

迎亲的那天下午，闫大早早地把一朵大红花戴在胸口。院子里帮忙担水、劈柴、煮肉的乡邻，看闫大戴上那朵大红花，如同胸口挂个小灯笼似的，在院子里走来晃去，就有人挑逗他，问：

"闫大，今晚你可有了焐脚的了？"

闫大撇个大嘴，傻傻地乐。

有人说："你有不会的，可以问问人家。"指晚上做房事的时候，那方面有不懂的，可以问问那个小寡妇。人家没好说，那小寡妇睡过好多男人的，什么招数都是有的。

闫大知道那话不好听，但他也不恼，他假假地板起脸来，唬人家一句，说："去个蛋的！"

事实上，那种事儿，闫大是早就知道的，他偷听过弟媳妇"嗯啊嗯啊"地叫床，也见过猫呀、狗的，在场院里叫春、"拉钩钩"。他早就盼着自己有个女人了，只可惜没有哪家姑娘愿嫁给他。

而今晚，巷口炸响小鞭的一刹那，闫大猜到他的女人来了。那一刻，闫大还真是有些激动呢。

闫大激动的时候，很像个孩子。他慌里慌张地想到巷口去看看他的女人，可婚礼上主事的人，偏偏让他端着一碗半生不熟的饺子，在婚房内等候。

盐区这边，新媳妇进门，都要吃上床饺子。

饺子，音同"睡觉"。还有一层意思也很微妙，即新郎端在手中的饺子，只煮五成熟，夹一个放在新娘口中，旁边会有人大声问："生不生？"

回答："生！"

这个"生"，一是当日所煮的饺子是生的；再者，新娘子进门就喊"生"，寓意着以后儿女成群。

可闫大今夜要娶的女人，不用问，人家也要生呢。否则，那么一个水葱似的小媳妇，怎么会屈嫁给他个傻了吧唧的闫大？

至于，那女人肚子里的崽儿是谁的？赵媒婆在上门说亲的时候，就已经跟闫家老二说好了，不许问人家那崽儿是谁的，只等以后生下来，当作自家的孩子养着就是了。

还好，那女人过门不久，便生下一个大胖小子，把闫大给乐的，逢人便说，他当爹了！

小村里人笑他闫大个傻子——替人养儿。

可，闫大不管那些，他在那孩子能下地学步时，整天抱在怀里，扛在肩上。有时，还领他到南场院里去玩耍。

两年以后，大奶又生下一娃。

有人说，大奶后期所生的那娃，也不是他闫大的。那能是谁

抬
鱼

的？小村里人忙着打鱼、晒盐，无人去关心那事。只晓得，那女人和闫大婚后不久，如同闫二驱赶闫大一样，让他抱着铺盖，到南场院里看守谷草去了。

二　丫

　　二丫，不是个女孩子。他是个大小伙儿，喉结如半拉蒜头一样半隐半现在他的脖颈间。他上面也不是姐，而是一个和他年岁相差不是太多的哥哥。他怎么就顺延着叫了二丫呢？真是怪了！

　　盐区这边，头胎生个女孩，爹娘想抱男娃，便给女孩起名叫招弟、唤弟，盼望着下一胎召唤个弟弟来。像二丫这样，他上面的哥叫大领，临到他就应该叫二领或小领，爹妈偏给他起名二丫。

　　刚开始，谁也不知道二丫生下来怪异——他的双手及双脚不分叉，如同鹅鸭一样，趾间有肉蹼相连。民间称之为——鸭掌。

　　现在想来，那种娘胎带来的"鸭掌"，可以通过手术，将其一一剥离开。但是，早年盐区没有那样的医术，只能观之任之。二丫的父母曾一度视二丫为怪物。

　　所以，二丫出生的那个雨夜，接生的曹婆子在灶间洗手、吃热鸡蛋的时候，二丫爹用一块红布包了两块钢洋塞给她，示意她不要对外张扬。

　　二丫爹想等外面雨小些，送走曹婆子后，找条湿毛巾把二丫捂死。

　　殊不知，二丫除了手脚上长蹼，其他方面都是健全的，红红的小嘴巴，裹起娘的奶水来，还格外牢实。娘抹着泪水，听着窗外哗哗的大雨，看那二丫是自个儿身上掉下来的肉，便舍不得把他扔掉了。

娘给他起名叫二丫，出于之前盼望生个丫头；再者，因为他十指相连，家里人羞于让他示众，想让他当个闺女一样团在家里养着。

可二丫必定不是待在闺中绣花纺线的丫头，他跟哥哥大领一样，是个皮打皮闹的皮小子。爹娘偏袒、呵护着他。甚至到了上学的年龄时，爹让大领下海捞鱼摸虾，却把他送到贾先生那去读书认字儿。

贾先生看二丫爹挑来两担红彤彤的高粱，扳开二丫的左右手看了看，顺手从书案上拿过一支笔，在纸上写出一个"一"字，让二丫学着写看看。

没料想，二丫五指虽不能分开，可他攥紧了笔，把一个"一"字写得平如水面。

贾先生赞一声，说："好！"

贾先生那时间教孩子们《百家姓》《三字经》，也教孩子们打算盘。贾先生的算盘打得好，他能双手同时拨打两把算盘。他教出的学生，也都是两把算盘同打一个声响。

所以，面对二丫那双五指不分的手，贾先生还是轻声叹息一声，说："这孩子，无缘于两把算盘。"

言外之意，贾先生不想收他（怕坏了他教书的名声）。

贾先生，朝廷备案的贡生。盐河两岸，但凡是家有余粮的户儿，都想把孩子送到他的门下。也就是说，贾先生的门生原本就教不过来，他何必再去收一个十指不分的残疾儿。

二丫爹恳求说："先生就教他认几个字吧。"

在二丫爹看来，能让二丫认几个字，将来帮乡邻们认个人名、地名，也算是个有用之人。

话已至此，贾先生没再说啥。

可等贾先生吃完了那两担大红的高粱后，二丫爹再来送大米时，贾先生却执意不要了。

贾先生说："二丫所学的字，已经够他用了。"

贾先生建议二丫爹把二丫带到天成去，问问天成大药房那边要不要药柜。贾先生的意思是，二丫所学到的那些字，到天成去看个药方、拿个药啥的，足够用了。

可天成是个什么门户？盐区鼎鼎有名的大药房。好多满腹经纶的健全人都挤不进去，他一个五指不分的残疾人，怎么会被天成选中呢？贾先生之所以那样说，无非是推辞——想把二丫拒之门外罢了。

不过，贾先生的话，倒是提醒了二丫爹，可以让二丫学一点医术，将来能给乡邻们问诊看病，也好混生活。

之后，很长一段时间里，二丫爹四处搜罗针灸和推拿方面的书籍给二丫看。还领着二丫，到天成去拜过那边的大先生（大夫）。

二丫呢，一边学医，一边跟着哥哥下海捞些鱼虾贴补家用。

后期，二丫哥娶妻生子，家里开销略显紧张，二丫哥便隔三岔五地喊上二丫跟他一起到深海里去摸海肠子。那是一种与海浪搏击的营生，乘坐小船到茫茫大海，一头扎进海底，触摸到像浮草、韭菜一样随浪摇摆的海生物时，那就是盐区人所说的海肠子，大把大把地拽上来，卖给餐馆或大户人家，转手就能换回哗啦啦的银钱。

抬鱼

大领没有料到，二丫在这方面比他有能耐，他的手脚像鸭掌一样划水，一猛子扎下去，瞬间就能潜到七八米深的海底，所捞上来的海肠子，都像筷子一样粗，每回都能卖出上好的价钱。

大领驾着小船，带着二丫从近海水域潜至深海水域。其中有一天，大领看二丫潜下去以后，所捞上来的都是成团成团的海肠子，便跟二丫一同潜入海底。

殊不知，二丫不同于凡人，他的手脚上有"蹼"，下潜时速度快，游回水面时速度也快。哥哥学着他的样子潜入海底以后，没等把胸前的兜里扯满海肠子，他胸腔里的那口气就憋不住了，待他抱着成团的海肠子游回水面时，他已经被海水呛死了。

大领死后，妻子苦熬了一段岁月，后经乡邻说和，她便紧咬着粉唇，与二丫圆了房。二丫原以为这辈子不会娶上女人。没料想，一夜之间，他不但拥有了女人，还拥有了一个咿呀学语的娃儿。

平日，那娃喊二丫爹，二丫也答应。只是到了年节，二丫领着他到哥的坟前祭奠时，才告诉他，说那土里埋着的才是他爹。

那时间，那孩子尚小。

后来，二丫与嫂子又有了他自己的孩子。

再后来，也就是二丫不摸海肠子以后，他开药铺行医。类似于当今的盲人按摩。生意日渐红火。慢慢地，乡邻们也就淡忘了二丫从前的哥。

但，盐区人挂在嘴上的一句——人有异相，必有后福。说的便是二丫拥嫂入怀的那一节。

断　念

　　春天，河沟边的石窝子里，还残存着亮晶晶的冰片子，那个卖小鸡的山东佬，便挑两个扁圆的大箩筐来了。他从村西到村东，沿街冲着巷子里面各家各户吆喝——

　　"卖小鸡喽——"

　　"买小鸡哟——"

　　村里人听不清他是吆喝卖小鸡，还是买小鸡。可就他那一喊呼，都知道往年那个卖小鸡的又来了。

　　最先围上来的是村里的孩子。

　　孩子们喜欢看那些"叽叽"叫的毛茸茸的小鸡。沿街的婶子、大娘们扶门问价，那人就会把箩筐并排放在某户人家的屋檐下。

　　"多少钱一只？"

　　回答："还是往年那价。"

　　很显然，那个卖小鸡的每年都到盐区来，以至于连村里的小孩子都记住他了——

　　"那个毛窝嘴的山东佬，又来卖小鸡了！"

　　孩子们想买小鸡，回家告诉父母，渴望家中能买上几只好看而又好玩的小鸡喂着。

　　可盐区这边，挖大泥、扛盐包、睡光席的人家，大都没有隔夜粮，哪家能有现钱来买小鸡呢？

而那个卖小鸡的很有办法，他从怀里掏出一个皱巴巴的小本子，让读过书本的孩子（或是小村里识字的先生），帮着记个账——可以先把小鸡赊回家，待秋后他再来讨款。

　　这下，人们欢喜了。小鸡长成大鸡以后，十只小雏鸡，也换不来一只大母鸡。到那时再付账，当然很划算（好像中间喂养小鸡的那些个环节，都可以忽略不计似的）。

　　于是，后院里婆婆兜起围裙，拣了几只小鸡以后，还会喊呼前院里的媳妇也去赊几只呢。

　　村前宓三家，也就是宓三早年从青岛带回来的那个女人，年年都要从那个山东佬的箩筐里赊几只或几十只小鸡喂养着。

　　宓三早就不在了。

　　宓三家先前住在宓三的祖宅里。宓三死后，他的侄子要在老屋的原址上翻盖新房子，就在村前的小河边临时搭建了一间"个"字形的趴趴屋，让他的婶娘住进去，等于是把她驱逐到一边去了。

　　那女人与宓三是半路夫妻。

　　宓三年轻时在青岛拉洋车。新中国成立以后，他从青岛窑子里领回那个女人。宓三在世时，对那个女人挺好的。宓三死后，宓家想赶人家走。可那个女人偏偏就不走。

　　宓家便将她撵出祖宅。她就在村前的小河边种些瓜菜，苦熬岁月。

　　那个卖小鸡的认她为山东老乡，每年来卖小鸡时，都会把箩筐摆在她小屋门旁。他甚至还把挑选小鸡的秘诀都告诉宓三家了。

　　他问宓三家："你想要公鸡，还是母鸡？"

　　宓三家看着箩筐里毛茸茸的小鸡，如同一箩筐晃动的麦黄杏，问："哪只是母鸡，哪只是公鸡？"

那人顺手拽出一只，说："这只抬头仰望的，长大了就是公鸡。"

宓三家说："你放下，你放下让我看看。"宓三家想看看那只抬头仰望的小鸡，与别的小鸡有什么不同。

这个时候，那人还会抓出几只他认为长大以后会是母鸡的小鸡来，放在箩筐顶盖上，让它们相互啄食，善于啄食同伴嘴角、鸡爪的，他认为是争食、抢食的好手，建议宓三家：你买这只，强胜！不要那只蔫头耷脑的，不好养。他甚至说，那只瘦小的，长大了以后只会疯跑，不会埋头生蛋呢。

宓三家乐。但宓三家还是听她老乡的话。她兜着拣好的小鸡，起身要走时，说："赶秋天，不是你说的公鸡、母鸡，我可不给你钱！"

可真到了秋天，那些小鸡能活下几只，还不知道呢。

早春的小鸡可难养，冻死、饿死，被耗子拖走、黄鼠狼吃掉、馋猫叼跑的，防不胜防。

所以，每年宓三家抓小鸡（赊小鸡）时，总要额外多抓几只。她甚至还会帮助平日里接济她粮草的人家，也抓上几只喂养着。譬如村西的吴裁缝，宓三家常找她放鞋样、缝大褂；还有后街的田寡妇，与她同病相怜，常来与她说说话儿。宓三家没啥好报答人家的，就把小鸡养大以后，送几只给她们。

刚送走的小鸡可认生，乱飞乱跳，还会跟着主人再跑回来。所以，宓三家每回把小鸡送给人家时，会把小鸡的翅膀略一略（剪一剪），并在小鸡的腿上绑上线绳，让它们在新主人家里熟悉几天，它们就顺从了。

宓三家除了喂鸡、种瓜菜，秋天大田里收割庄稼时，她也会到路边去捡拾人家遗落的谷草，发现带穗的，便捋下谷粒儿，摊在簸箕里晾晒，说是冬日里河堤上虫草皆尽时用来喂鸡，其实她自己也要食用呢。

赶上集日，宓三家会到集市上去转转，但她很少买东西。偶尔带回一块饼角，那一准是给宓家小孩子的。

宓三的侄子对她不冷不热的，但下一辈，也就是宓三侄子家的小孩还是认她这个奶奶的。

前几年，宓三那侄子很少来看望他这个婶娘。近两年，她拎不动水，无力到河堤上拓荒了，那侄子隔三岔五地也过来看看。

这年春天，宓三家又抓了些小鸡。可她没等到那个卖小鸡的人来收账，便得了伤寒死去。临终时，她告诉那侄子，她抓人家小鸡的钱，已经放在房檐下某个竹筒里了。并说那个卖小鸡的人可能也知道。往年，她去赶集时那人来收钱，她就是那样把钱放在竹筒里让对方拿走的。

可眼下，那侄子听婶娘如此一说，当即想到他这个婶娘年轻时做过婊子，与那个卖小鸡的十之八九是"有一腿"呢。于是，他这边料理完婶娘的后事，那边就把竹筒里的钱给掏走了不说，连小屋也给推倒了。

隔两月，那个卖小鸡的来收钱，发现小屋没了。再一打听，那屋里的女人也没了。对方两眼茫然地四下里望了望，轻叹一声，转身走了。

老 六

老六，我这样直呼我爷爷兄弟的排号，多少有些对长辈不恭，或者说我这个喝了点"墨水"的穷小子不知好歹。

在我们老家，说一个人不知好歹，相当于说那个人德行不好，挺严重的一件事情了。像我这样，在文章中直呼我爷爷的弟弟为老六，若是被我的叔辈们看到了，非撕了我的手稿，骂我："写什么狗屁玩意儿！"脾气暴躁的叔伯们，甚至懒得跟我多舌，上来先"咣咣"给我两大嘴巴子，让我自个儿一边反省去。

盐区这边，晚辈对长辈，该是叔叔的叫叔叔，该是爷爷的喊爷爷。即使是平辈的兄弟，也要有长兄如父的敬仰之意。譬如老六，那不是我一个晚辈人能叫的。可眼下，我为了行文方便，还是想直呼老六。

老六，乳名单字——争。

与谁争？与他的兄弟们争。

这话题一扯就长了。我爷爷他们兄弟六个（同父异母）。老六，也就是争，自然就是兄弟中最小的那个。但他是个遗腹子，出生以后，寡居的母亲给他取名叫争，寓意着向兄弟们看齐。可在那吃饭穿衣都很困难的岁月里，一个乡间寡居的女人，没有出过远门，也没有什么文化，她就把争视为"看齐"之意了咋整。

争，即老六，十七岁时赶上打"淮海"。上头要求，家有男

抬
鱼

丁者——二出一。

当时的战争形势相当紧张了（盐区列入了淮海战役的东部主战场），可谓是战火烧至家门口。谁家有兄弟两个的，务必要派一个人充实到队伍里去。家有兄弟仨的，可以相应地照顾一下——派一个人参军也行（当然，去两个更好）。但是，不能一"丁"不出。在那种"妻送郎，父送子"应征入伍的大环境下，男人们当兵，是一件既光荣而又很无奈的事情。

我爷爷兄弟六个，按照"二出一"的比例，应该走三个兵。但是，他们不是一娘所生，前面的兄弟仨，抱成一团，与后面的小兄弟闹分裂。让原本一家人，闹成了两家人。这样可以少出一个兵。

现在想来，当年那场六兄弟闹分裂，应该是个秘而不宣的"阴谋"——少出了一个兵。

我爷爷在兄弟六人当中排行老四。但在继母所生的后面三兄弟中，他又是领头的，自然也要有兄长的风范。

应征入伍会，是我爷爷去开的。

会后，我爷爷把老五、老六召集到一起，只字没提谁去当兵的事，他只告诉两个弟弟，说家中现在还有多少余粮，还欠乡邻张三、王五多少债务，包括集市上谁扯了他的布匹尚未给钱，以及他的布摊，占据在集市的某个地方等等。

那时间，我爷爷卖布、持家。他领着后面的兄弟俩，在一个锅里摸勺子（没有分家）。所以，我爷爷把他没有做完的事情和盘托出。目的是让他的两个弟弟把家中的事情做好。

显然，我爷爷要去当兵了。

老六在那面无表情地听。

老五却冷不丁地冒出一句，问："你说这干什么？"

我爷爷说："明早我就跟着队伍走了。"说这话的时候，我爷爷从怀里颤巍巍地掏出了一朵大红花（纸扎的）。

那朵大红花，相当于现在的新兵入伍证书。

当时，淮海战役正陷入胶着状态。应征入伍的新兵，出门就要打仗。我爷爷领回那朵大红花的同时，已经与带兵的人签下了生死状。所以，他回家以后，把两个弟弟叫到跟前，交代家中的事情时，就没打算自己这一去，还能活着回来。

殊不知，我爷爷絮絮叨叨了半天，一旁一言没发的老五，腾的一下站起来，没好气地对我爷爷说："你刚才说了那么一大堆乱七八糟的事情，谁能做得了？还是你自己在家料理吧。"随之，老五撂给我爷爷一句话，说，"当兵的事，不用你管了，我去！"

老五那说话的语气，看似很生气，其实是护着他的四哥。他那是英勇之举，也是浓浓的兄弟之情。我爷爷当然是感激不尽。但，当时的老五正在新婚里。

我爷爷看着老六，说："老五，你不能去！"

我爷爷那意思，这个兵，轮不到你老五去。要去也是老六去，他尚无家口，无牵无挂。你老五有了妻室，怎么能随意弃家而去？此时的老六却缩在墙角，一言不发。作为兄长的老四（我爷爷），也不好硬指派他去。

我爷爷与老五争："还是我去！"

老五说："你不能去，我去。"

老六在两个哥哥争着当兵的时候，他没像他的乳名那样，去

抬
鱼

争那个兵。

第二天，老五换上军装，跟着队伍走了。

好在老五他们的部队，在盐河口集训了半月后，只参加了一场盐河口保卫战，那场举世瞩目的淮海战役便胜利结束了。

接下来，老五他们部队，追赶着老蒋——打过长江。老五身边的好多战友，在这期间牺牲了，老五算是命大的，他历经数次大大小小的战斗，始终毫发未损。新中国成立后，老五所在的部队，整编到四川一家军工厂。

之后几十年，老五他们一家，一直生活在四川。

1976年，唐山大地震之后。已接近退休年龄的老五（此时是国家建工总局的职工），携全家赴唐山支援新唐山建设。途中，路过盐区老家时，他一个人在故乡逗留了几天。

其间，我爷爷陪着他在小街上走，见到不熟知的乡邻，便乐颠颠地介绍说："这是我五弟，当年替我当兵的那个！"

可老六，见到衣锦还乡的五哥后，多少有些愧疚，整日里不是忙着去赶集，就是东庄西庄地有事情。直至他的五哥要离开家乡了，他也没有像那几个老兄弟那样，捧碗热茶，陪坐在当院的槐树底下，说一些当年的那些事儿。

相　伴

　　阿步，原名阿五。吴家喂牲口的。

　　"阿五，阿五！"说不准哪一天，吴老爷转悠到马厩来，听说他叫阿五，口中来回念叨了两句，便说："什么阿五、阿五，叫阿步。"

　　当时，阿五还在那犯迷糊呢。可过后想想，他阿五那"五"字与吴家的姓氏相近了，是该改。他庆幸吴老爷给他改得好！

　　此后，阿五就改名阿步了。

　　阿步是个光棍，常年吃住在吴家的马厩里。

　　吴家的马厩挺宽敞呢，三间坐北朝南的大马棚，阿步选其一角，借助于房梁，搭起一个空中"吊铺"。

　　白天，阿步拌草料、喂牲口，乐颠颠地打扫牲口粪便。晚间，他爬到"吊铺"上面睡觉，牛马在他"吊铺"下面唰唰啦啦地吃草料。

　　阿步在马厩里喂养了七八只公鸡和母鸡，任由它们跳进马槽里寻找草籽吃。有时，那些鸡还会刨开牛马的粪便，寻找里面牛马没有消化掉的谷粒儿换换口味。每天半晌，会有那么几只好显摆的小母鸡，扯圆了嗓子高喊："咯咯哒！咯咯哒！"那一准是它们在草窝里下了蛋。阿步呢，攒下的鸡蛋，自个儿舍不得吃，总要变着法儿，给西河口的赵寡妇送去。

抬
鱼

赵寡妇年轻时，在吴家做帮工。有一年过年杀鸡烫鸡毛时，她把手烫伤了，阿步还帮她去"天成大药房"那边去买过烫伤药呢。也就是那时候，阿步与赵寡妇好上了。

　　这两年，赵寡妇年岁大了，膝下的儿女也大了，她很少来吴家做帮工。同时，也不想再和阿步纠缠。可阿步忘不了赵寡妇，隔三岔五地总要找个理由去讨好赵寡妇。

　　这年春天，赵寡妇去后河湾闺女家了，阿步攒了些鸡蛋，准备等赵寡妇回来后给她送去。

　　其间，阿步忽而发现他吊篮里的鸡蛋少了许多。

　　阿步想：他攒几个鸡蛋不容易，怎么还招了贼呢？阿步的心里很窝火。

　　这天晚上，阿步躺在吊铺上翻来覆去睡不着，来回算计着他篮子里的鸡蛋和赵寡妇去闺女家什么时候能回来。算着算着，已是夜深人静了，忽然听到地上"扑通"一声响，阿步吓了一跳，一看，呀！一只鸡蛋从空中的吊篮里滚落到地上了。

　　奇怪的是，那只鸡蛋滚到地上，竟然一点都没有跌破。

　　阿步想：这是怎么回事呢，鸡蛋长腿啦，能从篮子里跳下来？阿步随手点亮油灯，照篮子、照地上，啥都没有。

　　阿步想到了老鼠或黄鼠狼。可仔细想想，又觉得不大可能。装鸡蛋的那个小篮子是从房梁上吊挂在半空的，老鼠和黄鼠狼再有能耐，还不至于长出翅膀飞上去吧。

　　阿步想把事情弄明白，他翻身从吊铺上下来，把鸡蛋捡起来，放回到篮子里去。然后，便和衣蹲在马厩一角，想看看到底是怎么回事。其间，他还故意把油灯弄得昏昏暗暗的，期待那个"扑通"的声音再次重演。

不久，就听见一阵"吱吱"的怪叫声从墙角的黑暗处传过来，阿步定睛一看，好家伙，是一只大耗子，贼眉鼠眼的样子露出来了，它先在地上嗅了嗅，又抬起前爪捋捋胡须，可能是在寻找刚才那只掉在地上的鸡蛋，或是观察屋内有没有什么异常动静。

阿步蹲在那假装睡着了，不睬它，他倒要看看，那只大耗子有多大的能耐，能把他的鸡蛋从房梁上吊挂的小篮子里搬走。

谁知，接下来惊人的一幕出现了，那只大耗子在地上伸伸懒腰，奔向一个墙脚，如同杂技演员攀悬梯一样，叉开四肢，晃晃悠悠地贴墙而上，爬上土墙之后，如同走平地一般，穿过房檐，来到竹篮吊绳与房梁打绳结的地方，忽而一个倒竖，尾巴随之打了一个圆扣，轻揽住绳索，顺势而下。偷蛋时，那耗子把一只鸡蛋紧抱在怀里，四肢蜷缩成一个圆球状，从竹篮边滚下去。

当阿步听到地上"扑通"一声响时，那只鸡蛋完好无损地落在地上了，可那只耗子在鸡蛋着地的瞬间里，可能被击中了头部，躺在地上，四肢乱动，半天没爬起来。

阿步见状，随手摸过身边的棍子击打过去。没想到，那只大耗子听到响动，打了一个滚儿，翻身跃起来，钻进旁边的一堆乱石窝里了。

那堆乱石块，还是当年支马槽时剩下的边角料，堆在墙角好多年都没人动它，没想到今日成了耗子安身栖息的地方。

阿步那个气呀，他先捡起地上那只鸡蛋，又想到连日来被耗子偷到石堆里的鸡蛋。心想：这家伙，是在储蓄精美的食物呢。不行，我得找回我的鸡蛋。

抬
鱼

当下，阿步挑灯夜战——搬石头。

刚开始，阿步考虑石头窝里有鸡蛋，搬弄石头时，非常小心。可，搬着搬着，阿步发现石头窝里只有蛋壳，没有鸡蛋了。这时，阿步再搬石头时，就有些气愤了，他三下五除二，就把那堆石头扒开了。

眼看石头只剩下三五块时，里面的耗子着急了，开始"吱吱"怪叫，阿步握紧一块石头，准备置鼠于死地。恰在这时，一个尖尖的鼠脑袋从石缝间里露了出来，阿步一石击打过去，只听见"咣"的一声，只砸出了一片火花儿，并没有击中耗子，阿步赶紧又捡起一块石块，准备第二次击打，可就在他弯腰捡石块时，那耗子从石窝里窜出来了，并且不是一只，而是一对儿。

阿步当即把手中的石头扔过去，可他没有击中耗子，而是将那一对耗子给驱散开了。

刹那间，前头那只耗子跑开了，而后面那只耗子却在原地乱翻腾。

阿步捡起石头，正想再扔，却发现原地翻跟头的那只耗子是个残废，它的两条前腿，不知何时被鼠夹子给夹掉了，它是咬住前头那只耗子屁股上的毛发一起出来逃命的。

刹那间，阿步愣住了！心想：那只见天冒死来偷他鸡蛋的耗子，原来是为了它这残疾的老伴。

那一刻，阿步想到这些年来他苦苦呵护着赵寡妇，心中不禁同情起那只耗子，手中的石块随之掉落在地上了。

对　手

盐区海神庙、土地庙多，黄鼠狼也多。一到冬天，盐河两岸人家的鸡呀、鸭的，常有被黄鼠狼拖走的事。

瘸老七，就爱逮那个。

谁家的鸡鸭夜里被黄鼠狼拖去了，瘸老七总要一瘸一拐地跑去看看。有时，他还跟主家商量："要不要逮到它？"

一般的人家，不愿意多事，摇摇头就算了。

黄鼠狼那东西"千年黑、万年白"，太有灵性了。盐河边有句话，叫"逮不住黄鼠狼惹身臊"，说的就是那东西会给你带来麻烦。

可瘸老七不怕那些，他光棍一个，他怕什么？他什么都不怕。

每到冬日，他背个粪筐，白天沿着盐河下游的沟湾河坡转悠，看到有黄鼠狼走过的痕迹，傍晚就去下夹子，用不到小半夜，就有好看的了——那上了夹子的黄鼠狼，垂死挣扎的时候，带着夹子一蹦三尺高。

那时刻，瘸老七睬都不睬它，只管蹲在一旁抽他的叶子烟。等它蹦跳得没了力气了，他再过去收拾它。并趁它身上的热乎气还没有散尽，将麻线缠在它的倒口牙齿上，就手把它挂在路边的小树杈上，扒下它那张亮闪闪的皮。待集日拿到收购站，换个油盐酱醋钱。

黄鼠狼的毛皮，挺值钱。但当年的小黄鼠狼羔子皮不值什么钱，它的皮太嫩，一上手就破了。越是上年头的黄鼠狼，皮毛越厚越结实。不过，上年头的黄鼠狼太刁，不轻易踩夹子。

瘸老七倒是有些办法。

他发现黄鼠狼的足迹后，并不急着下夹子。而是掌握它的觅食时间，先在它走过的地方撒上些细沙，看它何时再从细沙上踩过，并分析它连续几天踩过的时间是否相同。一旦找到规律，他就有办法对付它们。

有一年冬天，瘸老七在后山王家祠堂发现了一只黄鼠狼的足迹。并通过一段时间的观察，他发现那只黄鼠狼，个头挺大，头尾相接，足有三尺长。

瘸老七第一次发现它，是因为一场大雪。那家伙在王家祠堂后面的古墓边踩出了痕迹。

瘸老七顺着它的足迹，找到王家祠堂。再想找它的洞穴，没了。瘸老七猜想，那家伙可能是从旁边一棵古松树上下来的。

瘸老七料到这家伙狡猾。他选在古松旁边积雪稀少的地方下了夹子。

雪天，黄鼠狼总要到没有雪的地方觅食吃。

半夜，藏在树丛中的瘸老七，只听到夹子响，没听到那家伙"跳夹子"。他就猜到坏了——"踩空"了。

这是黄鼠狼常耍的把戏，它发现什么地方可疑，不会轻易去踩，它要叼块小石子或小树枝什么的扔上去试探。

第二天，瘸老七下了连环夹。心想，等它再来"踩空"时，就有它好看的了。没料到，第二天那黄鼠狼绕过他的连环夹不说，还在旁边雪地上撒了一泡黄黄的尿。

这是故意气他瘸老七的。

瘸老七耐住性子，待雪化了以后，他还是用撒细沙的办法，找到了那家伙的洞穴——树根旁边一个不起眼的小洞口。

瘸老七在它出口处下了夹子。

这一次，他半夜听到夹子响后，跑过去来一看，夹到的是一只旧鞋子。细看，还是他晾在自家窗台上的鞋子。

乖乖！这家伙找到他家了。

当下，瘸老七有些紧张，待他回家以后更紧张了，鸡窝里三只母鸡，已被它咬死两只，且血淋淋地放在他门前。最后一只"小芦花"，已经吓得躲在树上不敢下来。

瘸老七知道，这东西和他较上劲了。瘸老七心想：这种时候，尤其不能怕它。

第二天晚上，他仍然去下夹子。

可半夜里，再听到响动，不是在王家祠堂，而是在他瘸老七的鸡窝里。

原来，瘸老七料到它要来报复，便把那只小芦花鸡绑在鸡窝里边，鸡圈门上装上"吊夹"，专等那家伙来中招——果然是逮到它了。

这样一来，那家伙在鸡圈里蹦跳开了，且放出满院的臊气。

瘸老七没有睬它，他开门蹲在门槛上，燃上一把柴火，示意它，看到了吧，等会儿就让你死在这火中。

这时间，那家伙咬住那只"小芦花"，一声声凄惨地哀号。但它并不咬死那只"小芦花"。

瘸老七不去管它，他一手托着手中的旱烟袋，一手往门前那堆火里添着柴火。等黄鼠狼在鸡圈里不再蹦跳，且把那只"小芦花"当筹码一样，踩在它脚下与瘸老七对视时，瘸老七挑旺了火焰，看都不去看它。

　　这时间，那家伙"哼哼"地怪叫起来。

　　瘸老七知道，那是在向他示好——求饶。

　　瘸老七不理它。

　　后来，那家伙眼窝里有了泪花，瘸老七知道它已经绝望了。可就在这时候，瘸老七说话了。

　　瘸老七告诉它："我就猜到你会来的，果然来了……"后面的话，瘸老七没有多说，只告诉它，"放你一马"。

　　说完，瘸老七打开鸡圈门，给它敞开了一条生路。

　　当下，那家伙闪电一样逃出鸡圈，可它并没有急着走开，而是跳到一旁的猪圈墙上，冲着瘸老七再次对视了一番后，才掉头离去。

　　此后，盐河两岸的村落里，再没发生黄鼠狼偷鸡吃的事情。

脱　孝

　　荆寡妇被人抢走了。

　　那个时候，天还没有黑。小村里男人们外出打鱼都还没有回来，家家户户的婆娘们正忙着烧火做饭呢。有几个放学后贪玩的小孩子，围在荆寡妇家门前一块青石板上摔纸码子（一种儿童游戏）。有个高个儿的黑脸男人，赶着一架毛驴车走过来，说是上门讨一碗热水喝。可谁也没有想到，那个人走进荆寡妇家的院子里以后，看到荆寡妇家里没有男人，便掏出一把花花绿绿的糖果儿，支走了门口摔纸码的小孩子，反身脱下他身上一件灰布衫，把荆寡妇连头带脚地包裹了一番后，便装上驴车逃走了。

　　而那几个吃到糖果儿的小孩子，还想从那个黑脸男人那儿得到更多的糖果呢。所以，他们并没有走远，甚至看到了那个黑脸男人把荆寡妇抱上驴车，但他们都不知道那男人是来抢荆寡妇的。

　　后来，也就是那驴车快走出小村时，荆寡妇好像挣脱了那个男人的束缚，扯开了嗓子，干号了几声：

　　"抢人啦——"

　　"救命呀——"

　　那喊声，在冷飕飕的晚风中，如同路边大树上自然飘落下的一片片枯叶，几乎是没有哪个人能听得到呢，只有追逐着驴车想讨糖果儿吃的小孩子，才知道事情不好喽。其中，有一个年岁稍大一点的高个儿男孩子，听到荆寡妇那样哭叽叽的呼喊后，也跟着呼喊起来：

"不好喽，抢人啦——"

"有坏人抢人啦——"

很快，小街上便有人出来围观，小孩子们指给他们驴车奔跑的方向。

然而，当人们得知是荆寡妇被人抢走时，原本想去追赶的人，也只是往前跑了两步，就停下了。

但是，小街两边正在家中烧火煮饭的婆娘们，听到那喊声后可慌了。她们手持火叉，探出家门张望。还有的三三两两地凑在一块儿，叹息荆寡妇命苦呢。更有性子急的快嘴婆娘，干脆就惊呼起来——怎么不去喊荆家老大？快去告诉荆老大追人呀！

眼看越聚越多的人群中，并没有哪个挑头站出来去追赶驴车，或是去喊荆家老大呢。

"哎——"

这期间，有婆娘想起家中灶膛里的火，可能快烧至灶膛外面了，扶门轻叹一声，便扭头回去烧饭了。

好在，时候不大，小街上还真涌来一伙子人去追赶驴车。

影影绰绰的夜色中，他们中有人持棍棒、扁担，有人肩扛渔叉，一路骂骂咧咧地奔来。打头的，果然是荆家老大。

此时，有人高声喊荆大："你回去换双鞋子吧！"

荆大被人喊来时，他正穿着一身水鬼衣在河里摸鱼呢。

荆大那身水鬼衣，是干牛皮缝制的，原本就很笨重，此番在水中泡过以后，水嘟嘟地裹在他的腿脚上。胸口那儿，还窝着一

团多余的牛皮结儿。整个人就像一个棉花包。他那身行头，自个儿走道都很困难，怎能再去追赶驴车呢！

所以，有人让荆大先去换身轻快的衣服。

可荆大哪里顾得上哟，他就那么穿着水鬼衣，大笨熊一样，带着几个平时与他一起摸鱼的男人，"唏涮唏涮"地从小街上走过。

荆家，在盐区属于小户人家。老少几代人，全靠打鱼为生。

先前，荆家父母在世的时候，荆家两兄弟驾一叶小木舟，见天在盐河上游的河汊子里下网捕鱼。其间，荆大划船，荆二理网。说是荆二理网，其实也都是荆大在岸上把渔网子一节儿一节儿地穿到竹筷上，赶到水中布网时，荆二只管坐在船尾，如同妇人家扯拽线团子似的，把渔网子一节儿一节儿地扯进水中便行。

回头，收网时，荆大怕荆二择鱼时拽破了渔网子，往往要与荆二换一个个儿，让荆二划船，他来收拾缠在渔网上那些"扑箩箩"弹跳的鱼。

那样的捕鱼光景，荆家两兄弟共同度过了有七八年。

后来，荆大娶妻以后，另立门户。那理网的差事，就不让荆二做了。荆大的媳妇就会理渔网子，她甚至比荆二理渔网的技法还要好呢。

为此，荆二苦恼了好长一阵子。

好在，时隔不久，荆二也有了家口，也就是娶了后来的荆寡妇。小两口看到哥嫂家建起了青砖大瓦房，正盘算着多挣些钱，也要盖起哥嫂家那样的大房子时，不料，荆二跟着下南洋的船队去捕鱼时，遭遇到狂风黑浪（遇上台风），把小命丢在海里了。

荆寡妇抱着荆二的遗物，坐在门前的青石板上，搓着腿脚哭。

荆寡妇哭诉说："荆二呀，你回来吧！咱们不住哥嫂家那样的大瓦房，咱们就住在爹妈留给俺的茅屋里。"

是的，荆二死了以后，荆寡妇就住在公婆留下的那两间茅草屋里。

其间，哥嫂那边捕到丰盛的鱼虾时，就会让小孩子拎个小篮子送一些来。荆寡妇呢，看哥嫂那边忙着打鱼，她也会主动帮助哥嫂他们补补渔网子啥的。应该说，荆寡妇在荆二死了以后，哥嫂那边对她还是蛮不错的。

转眼，两年多过去。再熬小半年，荆寡妇就可以脱去三年重孝了。在盐区，脱去重孝的小寡妇，是可以另寻一户人家的。

岂料，偏偏就在这个时候，冒出个赶驴车的黑脸男人。那人是怎么知道荆寡妇的？荆寡妇又是怎样被那个男人给掳去的？这一切，只有等到荆家老大追回弟媳妇才能知道。

可在那个夜色浓浓的夜晚，荆家老大带着一伙子人，追至村东的一处三岔路口时，突然就泄了气儿。

原来，荆寡妇在那三岔路口"脱孝"了——她把身上的孝服脱下来丢在路当中。换上了那个男人的新衣服，心甘情愿地跟着人家走了。

"这个臭女人！"

"不要脸的货！"

浓浓的夜色中，一群男人，愤愤不平地谩骂着，脚下踩出一片"踢踢踏踏"的嘈杂声。快进村庄的时候，大伙如同打了败仗似的，一个个沉默不语。好在，那时间，沿街各家都在掌灯吃饭，

112

村路瞬间亮了许多。

备注：

　　盐区，自古就有"抢寡妇"之风俗。即小寡妇改嫁时，自个儿要假装不愿意。可她私下里或许有了意中人。于是，双方商定，选一个可以脱身的时节，让对方上门来抢。

搭　伙

老闫过来了。

他挑个货郎担，颤颤悠悠的样子，如同一只扇动翅膀的大灰鹅。老闫的货郎担里，并非鸡毛换糖。而是他自个儿的铺盖卷儿（行李）和他营生糊口的买卖。

老闫是个卖野药的，盐河北乡人。

说老闫是个卖野药的，似乎有些贬低他了。用那个时候的话说，老闫应该算是个乡间郎中呢。

可盐河两岸，大人小孩子，都喊他老闫，无人喊他闫郎中。若是哪个人无意中喊出了闫郎中，听到的人不会认为是老闫，肯定会想到是另外的什么人。

老闫把他的"货郎担"，放在钱五娘家门前的空地上。

钱五娘家先前是开酱菜店的，门前有一块很平整的小场地。天天有小孩子在那里踢毽子、打拐腿子玩。老闫一来，孩子们就被赶跑了，大人们要跟老闫说些腰酸腿疼的事儿呢。

头晕了，怎么办？

胳膊拐这儿怎么就抬不起来呢？

老闫一来，街坊四邻的毛病也来了。

老闫呢，你说头疼，他给你治头；你说脚疼，他就给你医脚。可遇到他医治不了的病症时，他就会告诉你："你这毛病，快去

抬
鱼

'天成'瞧瞧吧。"

天成，是县城那边的一家大药房。

可乡邻们一般的跌打扭伤、头疼脑热，都不愿往县城那边跑，只等着老闫过来瞧瞧就行了。

老闫最拿手的是劈疖子（脓疮）。他观察人们的脓疮时，如同瓜农们摸弄田地里的香瓜一样，看你那脓疮处只是红肿，尚未有脓头冒出来时，他会皱着眉头说："还不熟，再等两天吧！"直到那脓疮冒出蜡黄色的小尖儿，他再红药水、紫药水地给你涂抹一番后，给你动刀子。

钱五娘守在家门口，看到老闫给人家劈疖子、挑脓疮，她自个儿也觉得某个地方不舒服了。于是，就摸着脖子问老闫，我这半拉脖怎么就不听使唤了？要么就说她腰椎的某个地方，酸胀得不行呢。

弄得老闫也不知该如何给她下药。

有一回，钱五娘还把她领口下面一处红疙瘩亮给老闫看。老闫看了看她那白颈下面的红点点，自个儿先乐了，说："你那是蚊虫叮咬的，不要抓挠，过两天，自然就会好的。"

哪知，钱五娘夜里睡觉时，迷迷糊糊地乱抓一气儿，愣是把那地方给挠破了。

这一回，她再来找老闫看。

老闫却惊呼一声，说："哟！你这不是发炎了吗？"随之，老闫便埋怨她说，"我不是跟你说了嘛，不要挠，不要挠。你怎么偏要挠呢！"

钱五娘说："钻心窝地痒痒。"言外之意，不挠不行的。

"发炎了！"老闫气陡陡地说。

"那该怎么办呢？"钱五娘很是无助的样子问老闫。

老闫那会儿正忙着，他没有立马回答她。

回头，前来瞧病的人，一个一个都走了，老闫便招呼钱五娘："来，你过来。"

老闫指着他跟前的小板凳，让钱五娘与他脸对脸地坐下来，且不紧不慢地拧开一个小瓶盖子，用棉团蘸出一团水嘟嘟的紫药水，让钱五娘把她领口下面的衣扣解一解。随之，轻轻地给她涂抹起来。

其间，老闫一边涂，还一边问："疼吗？"

钱五娘不说疼，也不说不疼，钱五娘说："还行。"

老闫就知道那地方沾上药水以后，可能会有些疼的，便说："忍一忍，昂！忍一忍。"

钱五娘不吭声。

老闫就那么一圈一圈地往周边涂，涂着涂着，不知怎么就涂到钱五娘那鼓溜溜的奶子上了。

那时刻，钱五娘也没有恼。但她白了老闫一眼，似乎在说："你个死老闫，没个正经的！"

老闫呢，他从钱五娘的眼神里，看出钱五娘的娇羞来，胆子随即大了起来。于是，就在那个夜晚，他们可能就黏合到一起去了。

老闫是个光棍。

钱五娘虽说有钱五，可那钱五七八年前去山东贩酱菜，一去就再也没有回来。小村里人猜测，钱五在外头犯事了（犯罪了），

抬鱼

或是死在外头了。

钱五娘守了他一年又一年。最终，她还是与那个卖野药的老闫，搭伙一起过了。

老闫把当年钱五开酱菜铺的小店，重新拾掇了一番，新铺了红地砖，靠墙立了两面鸽子窝似的"药斗斗"，像模像样地开起了一家小药铺。

转过年，钱五娘给老闫生了个小丫头。应该说，那段时间，老闫与钱五娘的日子，过得还是蛮有滋味的。

老闫四处行医。

钱五娘跟着老闫学会了碾药、抓药。有小孩子来卖长虫皮（蛇皮）、鸡屎皮子（鸡内脏中消化食物的一层黄皮子），钱五娘也能一边奶着孩子，一边付钱给那些鬼头鬼脑的小孩子。

但，那些鬼精的小孩子不怎么喜欢钱五娘。钱五娘会挑毛病，总是说鸡屎皮子少了一块，或是说长虫皮是两节的，变着法儿克扣小孩子的钱。

老闫可不是那样的。老闫说五个鸡屎皮子可以换一个铜板儿。有小孩子拿来四个鸡屎皮子，他也会付给小孩子一个铜板儿。可那样的时候，若是被钱五娘在一旁抱着孩子看到了，她就会插嘴说："怎么少了一个的？下回多带一个来。"弄得小孩子心里很是不高兴呢。

所以，小村里前来购药或卖药材的人，无论是大人还是小孩子，都不怎么喜欢钱五娘，大家都愿意找老闫。

可这一天，前街卖凉粉的王婆子来药铺，偏偏不愿意见老闫，她招手把钱五娘叫到门外去，"咬"了半天耳朵后，等钱五娘再回来时，她脸上的表情就不对了。

当天晚上，钱五娘晚饭都没有吃，便和衣躺下了。

半夜里，老闫听钱五娘面朝里墙嘤嘤地哭，他这才知道，当初离家出走的钱五回来了。

钱五此番是瘸着一条腿回来的。

他那条腿是怎么瘸的？钱五不说。

小村里人只晓得钱五回来后，得知他的女人已经与别人搭伙过了，他没有去打扰人家，选在南场院一处小茅屋临时住下来。

隔天傍晚，钱五娘惦记钱五一个人住在那茅屋里冷，翻箱倒柜地找出一床花棉被（她与钱五结婚时盖过的），拧着一双小脚，给钱五送去时，见钱五窝在地上睡过的几块铺板还在，但钱五随身携带的东西已经拾掇一空。

那一刻，钱五娘的眼泪，"唰"的一下就下来了。她知道，钱五此番一去，今生不会再回来了。

返回的途中，钱五娘擦干了脸上的泪水，心里想，也罢！那就回去与老闫好好地过吧。没承想，钱五娘回到家时，老闫与她那小闺女也不在了。

钱五娘慌忙去街口打听。

有人告诉她，说老闫的货郎担里，挑着那个小闺女，一路抹着泪水，向着盐河北岸去了。

抬
鱼

杀 牛

张康也是呢，家里面有一头大黑骡子他不用，偏要赶着那头小母牛去后岭上拉山草。

那头小母牛正奶着犊子呢。用咱们的话说，人家正在哺乳期，怎么忍心派它去干体力活儿。

可在张康看来，妇人家奶着孩子都能担水、推磨，那畜生带着个犊子，怎么就不能驾辕拉草的?

于是，张康把牛车上的山草堆得像小山一样高。

这下好啦，路过村西的小盐河桥时，那头小母牛看到滔滔的河水,担心跟在它身边玩耍的犊子不晓得从桥上走过，回头张望的瞬间，一蹄子踩进桥面上的缝隙里，当场就把左前腿给别断了。

张康顿时就傻在那儿了!

那牛趴在桥上，一心想站立起来，另一只尚好的前蹄"咣咣"地叩打在桥面儿，可它已无力站立起来了。等张康把车上的山草卸掉，那头小母牛喘着粗气，瞪圆了一对大眼，仍然无力站起身来。但它"哞——哞——"的叫声，还是能招呼旁边玩耍的犊子，拱在它的胯下找奶吃。

"哎——"

张康轻叹一声，找人来把那头小母牛拉回自家的牛棚里，原认为待上一两天，那头小母牛的腿就会好转。没想到，三天过去

后，那小母牛的腿肿得像水桶一样粗，进食都困难了。

张康觉得，再这样耗下去，也没有什么意义了。他甚至想到，即使那头小母牛的断腿连接到一块儿，其一瘸一拐的样子，也不能拉犁、驾辕了。到那时，要它还有何用？还不如现在趁它膘肥体壮，杀掉吃肉，还能捞一嘴（吃一嘴）。于是，张康便差人到前河沿去请庞狗瘦。

庞狗瘦，杀狗的。瘦筋筋的小老头，姓庞，名寿，人送外号庞狗瘦，背后不少人都叫他狗瘦。他杀猪、杀狗，也杀大型牲畜。他接到张康的"邀请"后，收拾好家伙事儿，领着儿子就过来了。

牛棚里，张康指给庞狗瘦，说那头断腿的小母牛，已经挪不动窝了，想在牛槽边挖个坑（便于放血），将它就地宰了。

庞狗瘦掐着手中的烟炮炮，猛吸了一口，摇头，不语。

庞狗瘦好像有什么忌讳似的，他冷板着脸摇头，不在牛槽边动刀子。他坚持要把那头小母牛弄到南场院去。

然而，真到了宰杀那头小母牛的时候，庞狗瘦还是有些不放心。他让众人用绳索将那牛的四蹄捆绑起来，且两边用力拉扯，如同双方拔河似的，将那头小母牛牢牢地控制起来后，又示意他的儿子抱住牛头（牛角），并让其用膝盖抵在那牛的后脖颈上。此时，就看庞狗瘦脱下一只衣袖，亮出光滑滑的胳膊，手持一把尖刀，一家伙扎进那牛的脖子里时，他的胳膊也随之伸进牛的胸腔里了。其间，庞狗瘦手中的那把尖刀，在牛的胸腔里可能还左右摆动了，目的是捅破牛的心脏。

果然，等庞狗瘦那只握刀的手从牛的胸腔里带着鲜血抽出来时，一股绸缎般的"血瀑"如同断崖间的喷泉，带着一团团热腾腾的血雾，喷涌而出。

当天中午，张康家的后厨，把那头小母牛的肝与肺，切成冷盘，做成一锅牛肺汤。张康陪着庞狗瘦父子，大口喝酒、大口吃肉时，交代庞狗瘦父子，要将那头小母牛的皮，做成牛皮绳儿。

这也是庞狗瘦父子所料到的。

庞狗瘦会杀牛，也会做牛皮绳。

张康说："尽量多出几条绳索。"

庞狗瘦从张康的话语中，听出他的意图来，无非就是让他把可用的皮子，都给他用上。

那一刻，庞狗瘦没有吱声，但他捏起酒碗，将碗中的酒喝得"滋滋"地响。庞狗瘦那架势，就已经表明，他与儿子会把他张康交代的事情办妥的。

庞狗瘦很熟悉做牛皮绳的技法，他自带了硝、碱，将那牛皮去毛、脱油、揉软以后，用一把弯弯的羊角刀，将整张的生牛皮，割成一道道像筷子一样宽的牛皮条，然后拉拽、撑长。末了，再挂到绞车上"咯吱咯吱"地拧上劲儿，并将三股，或五股，合并成一股，便是可以承载千斤重的牛皮绳了。

但是，在制作牛皮绳的过程中，总是会有弯刀割不到的地方。譬如牛的嘴角、耳根子旁，以至于四条腿的拐弯处，或多或少会有"露刀"的皮子。而那些被刀"露"掉的碎皮子，大如掌心，小如蛋壳，到了各家做鞋的婆娘手中，缝在鞋跟，或剪成蝴蝶或某种小动物的样子，包在鞋尖上，都是上好的材料呢。

所以，庞狗瘦父子，每回在外面给人家割牛皮绳时，衣兜里、

抬鱼

鞋坑里，或多或少都会私藏一点儿碎皮子。

可那天，庞狗瘦父子在张康的陪同下，一同吃过酒席，去南场院割牛皮绳时，忽而找不到那头小母牛的皮子了。

张康感到很奇怪。

庞狗瘦也觉得很奇怪。

好在，庞狗瘦的儿子眼神好，他一眼看到那头小母牛的犊子，正趴在它母亲的毛皮上。

那犊子，嗅到它母亲的味道了，它趴在那张空空的皮囊上，可能还想寻找母亲的奶水吃呢。

庞狗瘦看到那一幕，把头拧到一边，随之在身上乱摸一气儿，他可能想吸一袋烟。

此时，张康走过来，踢了那小家伙一脚，将那犊子给赶到一边去了。

接下来，一群小孩子在南场院里追逐着那头小牛犊子玩。一时间，那小牛犊子似乎是忘记去寻找母亲的奶水吃了。庞狗瘦父子，便在那个下午，架起绞车，"咯吱咯吱"地将那头小母牛的牛皮，拧成了一根一根的牛皮绳。

傍黑，庞狗瘦父子拾掇起他们的家伙什儿往回走，路过一片齐腰深的玉米地时，忽听见身后传来一阵"唏唰唏唰"的响动。

庞狗瘦回头一看，是那头小牛犊子跟过来了（它嗅到他们身上的气味了。再者，庞狗瘦父子身上可能私藏了那小母牛的碎皮子）。

那一瞬间，庞狗瘦吓了一跳，他下意识地拉低了帽檐，同时，还弯腰从路边的水沟里摸起一把泥，往儿子的脸上涂抹了两下。随后，他们在小盐河口那边，乘船甩掉了那头跟踪他们的小牛犊子。

转年冬天，张康家那头大黑骡子不能吃草了，捎信来让庞狗瘦父子去宰杀。庞狗瘦诌了个理由，没去。

当时，张康心里还犯嘀咕呢，是不是去年宰杀那头小母牛的时候，给他们父子的报酬少了？

偷　砖

　　田四姐家院墙西面原先是一处汪塘。有一道流水沟，从西面坡地间的小树林里直窜下来。平日里，那沟里没有水，只有到了雨天，才有一道湍急的水流儿，打西面坡地间奔突过来。赶到田四姐家墙西的汪塘时，那溪水如同一头顽皮而又劳累的小毛驴儿，就地打个滚儿，掉头奔东南方向的盐河流去。

　　后来，坡上修路，把那条水沟切断了，汪塘逐渐淤塞，慢慢变成了一处鸡毛、杂草乱飞，小狗跷腿撒尿的野地。但先前汪塘边女人洗衣的石块及两棵枯柳还在那儿，隐约地还能看出汪塘的模样。

　　田四姐惦记上那处淤塞了的汪塘。

　　她选在一年腊月，推倒了西院墙，拉来砖头、石料，要在那汪塘上建两间西屋，顺便把那条同样淤塞了的河沟，也扩充到自家院子里来。

　　盐区这地方，建房子大都会选在冬季，也就是春节前年后的那段时间。因为，盐区这边冬季里的雨水少。建房的人家，最怕房屋建至一半，突降暴雨，那就前功尽弃了。还有，冬天渔民们出海打鱼的少，好多船工都猫在家里，找人帮工好找。再者，临近春节，盐区这边闯关东、走煤窑的"地下客"们，也都陆陆续续回来了，他们在外乡闯荡一年或几年后，衣兜里或多或少地都揣些洋钱。建房的人家，若是手头不太宽裕，可以找他们接济一点。

田四姐建房子，就曾借了杨广的砖石钱。

杨广外号四眼儿。

盐区这边，管戴眼镜、有文化的人叫四眼儿。他杨广斗大的字识不了半箩筐，本身又不戴眼镜儿，他怎么就叫四眼儿呢？究其原因，是他眼睛圆大，眉框骨突出，且双眼皮叠加得又很厉害。用当今的眼光来看，他那长相，应该是新疆人的模样。所以，盐区人送他外号——四眼儿。

四眼儿长相奇特，自然就有与常人不一样的地方。他从小无玩伴，喜欢捉鸟、套野兔、逮黄鼠狼。

早年，四眼儿与他父亲一起生活时，每天清晨，街巷里人家都会看到他父亲在南河沿上剥野兔、吊挂黄鼠狼的场景。后期，父亲死时他快三十岁了，尚未成家，便跟着人家去闯青岛。

民国年间，青岛有不少外国人开办的工厂。盐区人到青岛以后，可以到洋人开办的工厂里干活，也可以到租界里租辆黄包车下苦力——拉脚。

四眼儿到青岛以后干什么？是不是还是打鸟、逮黄鼠狼，盐区这边的人就不知道了。

但是，盐区人看到从青岛回来的四眼儿，那是很风光的！他穿一件双排扣的短大衣，黄毛领子翻至肩头，双手斜插在衣兜里，好像是在护着他衣兜里的钱。

人们猜测——四眼儿在青岛那边混得不错。

于是，提亲的曹婆子就找到四眼儿和田四姐。曹婆子两边褒

贬，她说四眼儿，你虽然在外面挣了一些钱，可擦擦抹抹（指过一年又一年），就奔着三十岁去了，到哪里再去找黄花大姑娘，干脆就帮着小良他妈"拉帮套"吧。

小良他妈，就是田寡妇田四姐。

拉帮套，原本是盐场里牛驴往盐坨上送盐的一个场景，一头驴子驾辕，往往爬不上高高的盐坨，旁边再加一头牲口拉套，让它与驾辕的牲口一起用劲儿，就可以把一车白沙沙的海盐送往盐坨的高处。

曹婆子与四眼儿说那话的意思，是想灭灭他的心气，让他沉下心来，帮衬着小良妈妈一起过日子。

转而，曹婆子到了小良妈妈这边时，她说话的语气又变了。曹婆子说小良妈妈，一个女人俊俏、好看，也就那么几年。明里暗里地告诫小良妈妈，她很快就会老的。劝她趁现在眉眼间还算水灵，赶紧找个合适的男人凑成一个家。

曹婆子如此这样两边一说，小良妈妈还真是动了心思，她跟曹婆子说："那就让他来帮衬建房吧。"

言外之意，小良妈妈是愿意的。

改日，四眼儿真的就来小良家帮助建房子了。自然他是愿意与小良妈妈一起生活的。否则，他不会来。

当天，曹婆子就在小良家帮助烧火做饭，言谈话语之间，说了四眼儿不少的好话。

晚上喝酒时，提到场院里的木料、砖头和零零散散的家什，需要留下一个人来看场子。曹婆子就建议把四眼儿留下来，那也是小良妈妈心里所想的。

抬鱼

入夜，众人在小良家喝过酒、吃过饭都走了。小良妈妈哄睡了孩子，想到看场院的四眼儿，睡在那八面透风的小棚子里怕他着凉，便抱了一床暄腾腾的大花被去看四眼儿。

按理说，那样的时刻，已经是瓜熟蒂落的时候了。她田四姐，一个俊巴巴的小寡妇，半夜里给他四眼儿抱被子来，心里自然是想着他四眼儿的。四眼儿呢，一个饥渴的鳏夫，午夜佳人入怀，那还等什么等呀！

可谁又会料到，那天晚上，四眼儿在酒桌上贪杯了。小良妈妈来给他加被子时，他一点儿反应都没有；小良妈妈心里发焦，扯动他枕头底下的柴把子想晃醒他，四眼儿哼了两声，转身又呼呼大睡。末了，小良妈妈想到灶台上缺少两块砖头垫锅，便气乎乎地去搬砖，故意推倒一摞砖头，可四眼儿愣是人事不知。

第二天，曹婆子含笑问小良妈："昨夜怎样？"曹婆子那话，显然是想知道他们花好月圆之事。

没料到，小良妈妈冷板着脸儿，紧抿着粉唇，左右摇头。

小良妈妈说："那男人不是过日子的人。让他看场子，砖头被人偷去了，他都不知道。"

说这话的时候，小良妈妈刚好把一锅热粥，端来放在她夜间偷来的那两块红砖上。

船　夫

宋小开不是盐区人，山东北崮、临沂那边矿区过来的，早年跟着他舅舅在盐区这边捻大船。

小开的舅舅是个木匠，手艺还蛮好的。他砍大梁、推板面，收拾个桌椅板凳啥的，样样都做得精模贴角的。

捻大船，对于木匠们来说是粗活。木已成舟后，需要在疤痕处或是船板连接的缝隙间"补漏"儿，几个伙计沿着船体的缝隙站成一排，并将浸过桐油、抹上白灰的麻匹同时往缝隙中捻打。其间，大师傅，也就是小开舅舅那样手艺好的木匠，坐在船头，"当！当！"轻敲两下船帮，伙计们等大师傅要敲第三下船帮时，同时落锤，"咣——"一声，将浸过桐油、白灰的麻匹，一并捻进船体的缝隙里。

那种捻船的节奏，其实就是打夯时呼喊的"一二三"，前面两声是空喊，让大家做好准备的，等到大师傅要喊"三"时，大伙儿齐声下劲儿。

宋小开跟着舅舅，就是做那种捻船的活计。

宋小开是个苦孩子，早早地没了爹娘。

一次，小开的舅舅与船坞里做饭的田阿大在一起喝酒，说到小开的身世后，田阿大借着酒劲儿，动了恻隐之心，将小开领回了家。

田阿大家四个闺女，前面三个姐姐都出嫁了，留下个田四姐，正好让宋小开来做了上门女婿。

之后，小开舅舅回山东老家了。临到小开一个人来摸斧子、推刨子，就不是那么回事了。

盐区这边的木匠，分帮列派。哪个师傅带着哪几个伙计，造谁家的船，似乎都是内定的。他宋小开，一个外乡来的独手木匠，没个过硬的木工手艺，想在盐区这边舞斧子、拉大锯，很难的。

所以，舅舅走了以后，宋小开的木工手艺基本上就废了。他窝在家里，打个板凳、抠个马扎、码个小量子（木桶）之类，拿到集市上，半天也等不来一个买主。

后期，宋小开干脆就不做木工活计了。他在家里帮助女人烧火做饭，切菜喂猪。晚间，女人织网，他就坐在旁边灯影里上梭子（将网线缠进一个竹片儿雕刻的网针上），便于女人织网。

其间，他还学会了自己制作竹梭子。

那种拃把长的竹梭子，宽如拇指，厚如韭叶，前头尖如铁矛，"矛"内镂空处留有一根火柴棒似的竹舌头，恰好与后头的凹槽缠绕网线。

宋小开原本就是个木匠，他雕刻那种竹片网梭，不费什么事的。他甚至还把富余的竹梭，摆在自家门口的条凳上卖呢。

但，那点儿收入，不能养家。

盐区这边，有能耐的男人，就是海上捕鱼、捉虾，赤手空拳地去捉拿缠绕在渔网上的大螃蟹。他宋小开是山东那边矿区来的，旱鸭子一个，岂能与大海为伍？

可他屋里的女人田四姐，偏偏要把他送到南洋船上去做船夫。

船夫，就是船上做饭的。

盐区这边，下南洋的大帆船上才专门配备一个做饭的。像近海捕鱼的小舢板上，连个锅灶都不会有。他们赶着潮水捕鱼、捉蟹，当天出海当天回。下南洋的大船可不是那样的，他们一走三五个月，所捕获的鱼虾，就在南洋当地销售。回头来，南洋船上的男人，人人都能分到"哗啦啦"的银子。

四姐生来就是盐区人，谁家有下南洋的大船，她都知道。所以，她在一天午后，找到盐区玩大船的沈大少。

沈大少是个酒鬼，他整天泡在酒里。

四姐找到他时，他刚从街口一家餐馆里出来，四姐迎面堵上他，跟他说了南洋船上的事。沈大少喷着满嘴的酒气，不但没有答应，反而沉下脸来问四姐："你家男人到船上能干什么？"

四姐扑闪着一双水汪汪的大眼睛，半天没好说她家男人会做饭。

四姐知道，但凡在南洋船上做饭的，大都是体质单薄的男人，他们拉不动渔网、扯不开船上的风帆，讨到船家照顾，或是动用某路关系，亮明少要一些薪水，方能谋到那样一份美差。

当下，沈大少没有答应四姐。

旁边，了解沈大少的人帮忙出主意，说沈大少好酒，不妨晚间，拎两瓶"大麦烧"，再去找他。

四姐照此去办。沈大少的口气果然就不一样了。他跟四姐打哈哈，说："你来就来吧，还拎两瓶酒来干什么？"

四姐说："拎来给你喝呗！"

沈大少乐。

抬
鱼

沈大少知道四姐还是为了她男人的事，便跟四姐打趣儿，说："你跟着去烧菜还差不多。"

沈大少说，南洋船上若是有她田四姐去做大厨，他倒是愿意跟着船队去乐呵乐呵。

古往今来，没有哪家下南洋的大船上，安插个女人去做饭的。南洋船上的船工，清一色的男人，而且个个都是体格健壮的男人，他们在拽网择鱼的时候，穿得都很少，甚至光着身子，要个女人在船上，那还了得！

四姐知道沈大少那是跟她说着玩呢，可她还是迎合了一句，说："我哪里能走得开！"

那时间，四姐正奶着孩子。她去找沈大少的当晚，一对鼓翘翘的大奶子，正兜着满满的奶水呢。

沈大少一边喝酒，一边"嘎巴嘎巴"地嚼着猪耳朵干。眼睛时不时地去张望四姐那一对鼓翘翘的大奶子。望着望着，沈大少就点头同意了。

两天后，沈家下南洋的船队开始储存淡水——要启航了。而宋小开这边还没有等来具体的消息。

宋小开没拿那当个事情。

四姐可着急了。她跟小开说："事情我都帮你谈妥了，你自己再去找找沈大少吧。"

宋小开嘴上说："再等等吧！"可他压根儿就不想与沈大少打交道。

四姐等不及了，她一把将孩子塞到宋小开的怀里，说："你不去找我去找。"说话间，四姐进屋把头发拢了拢，趁着夜色去找沈大少。

这一回，四姐把事情办得妥妥的。

可令四姐没有料到的是，宋小开跟着船队到南洋后，他利用上岸买菜的时机，裹着人家船队购菜的钱跑了。

此后数年，宋小开再没回到盐区来——宋小开怀疑田四姐给他戴了"绿帽子"。

改　门

朱家巷子里都姓朱，唯有把头的一户人家姓闫。

那户人家，一个老人，一个女儿，养了几只小鸡，整天跑到街上寻找食物吃，弄得满街口都是鸡屎，怪烦人呢。

老人见天蹲在门口。自家的鸡想往街面上溜达，他有时放它们出去；有时，胳膊一抬，就把那些缩头伸脑的鸡们给挡回去了。

老人姓闫，名通，他家的房子守街临巷，大门开在守街的一面。那样，看似与朱家巷子没有多大关系，可谁若问道："你家住在哪？"

回答，仍然是朱家巷。

闫家过去的大门曾经朝南（开在朱家巷子里），闫通的婆娘死了以后，他就把大门改到临街的一面了。

闫通还有个儿子，婚后另立门户，搬到村前的小河边去住了。眼下，他与小闺女一起生活。那小闺女，名叫小米子。

小米子年岁小，挺听话，

但闫通与儿子的关系较为紧张。平日里，很少见他儿子上门。偶尔，儿媳妇过来送把青菜，或是带点什么稀罕物件过来，也都是小米子站在大门口那儿接进来。

闫通的身体不好，咳嗽，佝偻着腰。他每天蹲在街口，或坐在自家门槛上，静静地观望着街面上过往的行人，看街两头走过来

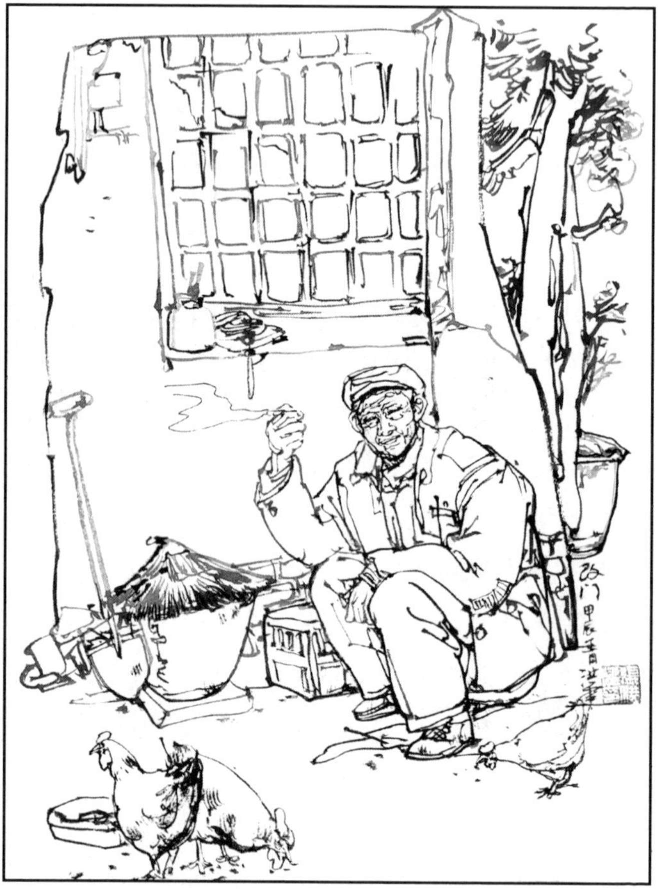

的骒马，看小风吹起街面上的乱草叶儿在墙脚那打旋儿。有时，小巷里突然跑出来几只狗，他能辨出某一只母狗正在"跑春"。那样的时候，他会盯着那群狗，观望很远。

闫通每天要做的事情，就是卖菜种子。

小村里，若是哪家想种畦菠菜，或韭菜，走到他跟前，说："种畦菠菜。"

那话，乍一听没头没尾。但闫通能听得明白。他扭头冲院子里喊：

"米子——"

小米子没有答应。

他就抬高了声音，再喊一声："米子！装两盅菠菜种子给你表叔。"

乡亲乡邻，怎么都能攀上亲戚。其实他们闫家在小村里没有几户至亲。可到了闫通嘴边，全村人好像都是他们家的亲戚。这也印证了"乡到亲，胡乱称"那句俗语。

小米子呢，听到爹在院门外喊她赶鸡、撵狗，她会装作没有听见。若是听到有人来买菜种子，她立马就会脆生生地答应着。

闫通的菜种子，装在一个一个小布袋子里，整整齐齐地摆放在两个扁圆的竹箩筐子里。红的萝卜种、黄的南瓜种、铁青的韭菜种，一样一样，小米子都是认得的。

赶上集日，闫通会挑起那对扁圆的竹箩筐，如同卖炕鸡（雏鸡）的小贩，一大早就赶到镇上的集市。有人看见他一路上要歇息三五次。可见那闫通，枉费了高高大大的个子，连几斤菜种子都挑不动。

小村里的小孩子不明事理，饭桌上懵懵懂懂地问大人："小米子她爹，怎么挑不动两个空箩筐？"

大人们瞪小孩子一眼，训斥说："吃你的饭！"

好像小米子家的事情，不许小孩子知道似的。

但是，村里的小孩子，到了十三四岁，自然也就知道了。

原来，小米子她爹，与朱家巷子里的大眼他奶奶相好。大眼的爷爷死得早。

现在想来，那个时候，大眼奶奶与小米她爹都很年轻，他们两人相好的事情，很快就被朱家人知道了。

某一天晚上，闫通又到大眼奶奶房里去时，朱家的男人们便去捉奸。但他们捉奸不是破门而入，而是选派其中一个小叔子，捂着手在门外叫喊，说是手上扎了毛刺，让大眼奶奶快开门，帮助他把手上的毛刺给挑出来。

大眼奶奶心灵手巧，朱家门里的闺女出嫁，都来找她开脸（用细线绞去脸上汗毛），放鞋样、绣荷包，大眼奶奶样样都是会的。大家庭里，哪个小孩子手脚上扎进了毛刺，大眼奶奶掐住那皮肉里面的黑点点，顺手从发髻上拔下根绣花针，一针下去，就把那黑刺给挑出来了。

眼下，门外有小叔子急喊手上扎了毛刺，大眼奶奶明知道这里面有诈，可她也得开门呀。但此时，她屋里正藏着奸呢，这该怎么办？

情急之下，大眼奶奶打开了她陪嫁时的木箱子，示意闫通赶快蜷缩进木箱子里面躲一躲。

接下来，大眼奶奶假装睡眼惺忪的样子，把房门打开，三四个本家的小叔子拥进屋里以后，他们没有发现闫通。但他们床上

拾
鱼

床下地瞅了瞅，相互间对对眼色，很快就断定闫通就藏在床边的木箱子里。

于是，几个小叔子这个手上有刺，那个脚上扎了东西，都在那嚷嚷，等着大眼奶奶来给他们挑刺。其间，有人干脆就坐到那木箱上，压住那箱子口，想把闫通闷死在那木箱子里。

这事情，很快被大眼奶奶的近门嫂子知道了。她慌忙跑过来，连拉带推地把几个小叔子赶出去，反身合上房门，开箱一看，那闫通已经没有呼吸了。

门外的人，得知闹出人命，瞬间散了。

可屋里的大眼奶奶，摸过床头的一把破蒲扇，猛往闫通的鼻口里扇风（相当于现在的人工呼吸）。不久，那闫通还真是缓过气来了。

但缓过气来的闫通，蜷缩在地上，怎么也站立不起来了。

这个时候，近门那嫂子去把闫通的儿子喊来，让他快把他父亲背走。

第二天，以至于后来的许多天里，朱家那边装作什么事情都没有发生。而闫通，被儿子背回家以后，一个多月都没能下床。

后来，闫通能下床活动时，他的腰肢直不起来了，气力也不如从前。随之，落下一个干咳嗽的病症后，他便谋到一个卖菜种子的轻巧营生。

过了几年，闫通那小闺女出嫁了，婆家是当庄，早晚都能过来帮助闫通洗洗涮涮。就那，闫通也没能活过五十岁就死了。

又过了些年，大眼奶奶死了，近门那嫂子也死了。闫通与大眼奶奶的那码事儿，也就没有人记得了。

捉　鸟

　　胡贵察觉到，有一只鸟儿总是围着他的小茅屋打转转。他每天午睡醒来或是清晨一推柴门，那只鸟儿就会从他小屋周围的某一个地方，"腾"的一下惊飞起来。但它飞不远，飞到他茅屋对面的一处土坎上就落下了。

　　那土坎，与胡贵的小茅屋就隔着一汪水塘，两者的直线距离，不过十几二十米。而那只鸟儿飞到那土坎上以后，好像在跟胡贵挑衅似的——刚才我在你小屋周边寻找食物吃了。现在，我飞到这边土坎上了，你能把我怎么样?

　　胡贵不搭理它。

　　胡贵想过了，要想捉到那只鸟儿，也不费什么事的，就在它每天落脚的那个土坎上下套，一旦它那双修长的红爪伸进套里，它再想起飞就难了。要么，就在他小屋旁边的水塘边布抛钩，选一只跳鱼或蹦虾，或小沙蟹做诱饵，等它伸嘴去啄食时，保证能钩住它那长长的红嘴喙。

　　胡贵不搭理那鸟，那只鸟也不搭理他胡贵。人家自个儿蹲在那处土坎上玩耍，时而梳理羽毛；时而单腿独立，将自个儿缩成一个毛茸茸的球；时而，它还伸长了脖子，侧着面孔，半天一动不动地向胡贵这边观望呢，好像在猜测胡贵蹲在水塘边，是洗菜呢，还是在捉小鱼儿。

胡贵很讨厌那只鸟儿，它经常飞至他门前的石磴上、柴门上，甚至是灶台边，到处屙些白乎乎的稀屎。

　　胡贵想宰了它。

　　胡贵甚至把葱、姜、蒜的配料都想好了，待把那只鸟儿捉到手以后，将它大块剁掉。然后，油锅里"吱啦吱啦"一翻炒，再加些清水，扔几个花椒、大料在里面，炖上两个时辰，一准就是一锅美味呢。

　　可真到了要去捉拿它的时候，胡贵又改变主意了。他发现那只鸟儿太老了，羽毛的梢子都变黄了，脖颈上的细毛还脱落了不少，浑身上下，杀不出四两肉，没准就剩个骨架儿，没有什么吃头了。

　　胡贵思量再三，留它条老命吧。

　　胡贵认出来，那是一只海鹰鸟，盐区人士称打鱼郎。言外之意，那种鸟儿，专吃沟湾河汊里的小鱼小虾。它有着一双鹰一样寻觅鱼虾的眼睛，它能在高空盘旋时，瞬间收缩翅膀，如同空中坠物一般，一头扎进河塘的深水中，去捉拿水塘里拧滚、弹跳的鱼虾。

　　可眼前这只打鱼郎，似乎失去了"空中急坠"的威风。它老了，无力捕捉活鱼蹦虾，依赖于胡贵每天泼洒在茅屋周边的残渣剩饭。

　　胡贵，一个看守盐田的孤寡老人。

　　白茫茫的盐碱滩上，就他一间小茅屋戳在那儿。

　　而那只打鱼郎，选在胡贵外出赶集，或午间休息时，飞至他茅屋周边，很是绅士的样子，迈着优雅的步子，寻觅胡贵扔掉的鱼头、虾尾果腹。

刚开始，胡贵看它到处屙稀屎很是恼火，总想灭了它。可自打他察觉那只打鱼郎驱之不去，或者说那只打鱼郎在茫茫的旷野里偏要选他为伴，胡贵反而爱惜起那只打鱼郎。每天，胡贵吃饭时，有意无意间，他会留点儿碗根给它；烧鱼、炖虾时，丢弃几条小鱼小虾在门前的水塘边，专等那只打鱼郎来吃。

胡贵每天都在周边的沟塘里捉鱼。

说不准是哪一天，胡贵扛起扒网子要去捉鱼时，那只打鱼郎好像猜到胡贵的心思，它从那边土坎上"腾"的一下飞起来，飞到胡贵的前头。等胡贵在前头的汪塘里捉鱼时，它却早他一步，飞到旁边一处高地上静候去了。

回头，等胡贵捉到鱼虾后，拣些大个儿的鱼带回去炖着吃，较小的鱼秧子，就扔在河坡上，留给那只打鱼郎。

之后，只要胡贵去捉鱼，那只打鱼郎就在前头引路。它甚至能引领着胡贵找到鱼虾较多的水塘。这便让胡贵兴奋得不行，以至于，胡贵每天要去捉鱼时，总要敲击两下鱼篓儿，以示告诉那只打鱼郎："走呀，咱们打鱼去！"

那样的时刻，那只打鱼郎往往会领着胡贵，从一处水塘，飞到另一处水塘。

胡贵知道，凡是打鱼郎盘旋的河湾水塘，就一定有丰盛的鱼虾。其间，胡贵捉到很多鱼虾的时候，他会"奖赏"一些亮晶晶的跳鱼、蹦虾给那只打鱼郎。

可时间一久，那只打鱼郎的嘴巴吃刁了（吃馋了嘴），对于胡贵留给它的跳鱼、蹦虾，它只挑柔软可口的蹦虾为食，剩下好多白条条小鱼，它已懒得上口——给胡贵"亮"在河滩上。

胡贵心里骂："这贼鸟，嘴巴越来越刁了！"

可不管怎么说，那只打鱼郎能领着胡贵捉鱼。这对于胡贵来，实属难得，有趣儿。

可这大清晨，胡贵推开柴门，没有见到那只打鱼郎。当下便产生一种不祥的预感。他先是围着小屋转了一圈，随后又绕过水塘，去那边高坎上去寻找。草丛中，水沟边都找遍了，始终没有找到那只打鱼郎的踪影。可就在胡贵失望而归的时候，忽而发现他自个儿的茅屋顶上有一团白色的物体。

胡贵知道，就是那只打鱼郎。

当时，胡贵还想，那只打鱼郎知道黏人了，总算和他混熟，可以当家猫、小狗一样相伴在他身边了。

但胡贵没有想到，当他走到茅屋跟前时，发觉那只打鱼郎没有任何反应了——它死了。

胡贵略惊一下！待他把那只打鱼郎托在手中时，感觉它很轻，轻到只剩下羽毛和一把骨头了，再捏捏它的嗉子（胃），里面是空的。

胡贵想，每天都留给它好些鱼虾呀，它怎么还饿死了呢？

转而再想，它老了，消化功能可能不好了，先是吃不动小鱼，后来可能连柔软的小虾也难以下咽。

那一刻，胡贵不由得轻叹一声："哎——"

傻　二

傻二，也就是二宝。他哥哥大宝是个木匠，会做木器家什。二宝傻，整天就知道翻白眼、咬指甲。外人叫他傻二。父母还有哥嫂，叫他"二子"。

别看是一字之差，"宝"字没了，傻二的尊严和地位也就没了。

"二子，跟你爹到盐河滩上捡鱼去。"

母亲那样说，二子就得像只跟腚狗似的，跟在爹的身后去捡鱼。

傻二的爹会打鱼。

秋天，河水见凉了。傻二在河边捡鱼时，双手冻得跟大红虾似的。父亲"唰"一声，把渔网撒进河里。傻二就瞪直了眼睛看着河里的水花，当他看到网中有鱼时，他便唔唔噜噜地喊呼："鱼！鱼！鱼！"好像那网中的鱼，是他发现以后，才被捉到的。

回头，父亲把那网里的鱼慢慢拽上岸，傻二会猛不丁地扑上去，下死劲地摁住那网中的鱼。其实，那网中的鱼，已经被拖上岸了，哪里还用得着傻二那样去捉拿。

傻二那是冒傻气呢，他那样捕捉网里的鱼，不仅会把渔网子弄破，衣袖上也会弄得泥歪歪的。

父亲看不下去时，便帮他把衣袖往上挽一挽。可过不了多会儿，他那袖口又甩下来了。傻二手冷，他老是会把手往袖管里缩。父亲拿他没有办法。父亲实在气极了，会踢他两脚。

傻二挨揍以后，也不叫疼，但他会翻白眼儿。好像他是帮助父亲捉鱼的，难道会有什么不对吗？

父亲懒得跟他讲道理。

父亲的话，向来很少。

平时，傻二的父亲在河沟里打鱼时，赶路的人若是停下脚步，便问他打了多少鱼。

他要么不吱声，要么说："没打多少。"

后面的话，傻二的父亲还应该接过来，问问人家穿得新模新色的，是去赶集，还是走闺女家。但傻二的父亲懒得去打听那些。

有人说，傻二的父亲那样沉默寡言，是被傻二愁的。

怎么不愁呢，傻二都十八九岁了，他哥哥大宝比他大两岁，早就把盐河口陈木匠家的闺女娶进门了。

大宝是在陈木匠手下做学徒时，被陈木匠两口子相中。随后，便把闺女许配给他。

大宝长得魁梧，为人也好。

村里人猜测，大宝是被陈木匠两口子给糊弄了。还有人说陈木匠家的闺女，没准是个麻脸、阔嘴的丑丫头，嫁不出去了，才硬安到大宝头上。

所以，大宝娶亲那天，满村的人，尤其是小村里那些多嘴的婆娘，都挤到大宝家那条短脖子街上看热闹，好像就要弄明白大宝的媳妇是缺鼻子了，还是少了一只眼睛。

而大宝媳妇呢，之前可能也听到一些不好的传闻，真到了她做新娘的那一天，她打着一把花布伞，盘腿端坐在一架"吱吱呀呀"的马车上，小街两边的人群，把新娘的马车围得水泄不通。

新娘呢，刚开始她用那把花布伞紧扣在头上，不让路人观看。可临到夫君的家门口时，她竟然大大方方地把手中的花伞一收，仪态端庄地坐在那辆四面敞开的马车上，让围观的乡邻看个仔细。

原来，人家那新娘长得俊哩！满月一样的面庞，文文静静的样子，胸脯子那儿高爽爽的，腰肢还细细的，尽管是盘腿坐在马车上，可她那一双小巧的绣花鞋，还是露给路人看了。应该说，那是个难得的美人儿。

事后，有人戏弄傻二，问："你嫂子俊不俊？"

傻二说："俊。"

"你想不想娶你嫂子做媳妇？"

傻二说："想。"

"你娶媳妇想干啥？"

傻二说："睡觉。"

人们就哈哈大笑，说傻二傻归傻，还知道"睡觉"那种美事哩。

傻二呢，他低头掐弄着指尖，不知道自己是说对了，还是说错了。但他心里怪委屈的。

"难道娶个嫂子那样的俊媳妇不好吗？"傻二掐着指尖儿，自个儿可能也在心里那样问自己。

事实上，傻二可想娶个嫂子那样的俊媳妇。可父母在世的时候，并没有给他说上一房亲事。他那个傻乎乎的样子，撒尿都不知道找个僻静的地方，哪家闺女愿意嫁给他。

但傻二想呀，尤其是被乡邻中一些坏男人给蛊惑的，他竟然偷看嫂子上茅房，偷看嫂子洗脚、换衣裳。这便让嫂子紧张得不行！再加上大宝是个木匠，整天在外面帮助人家做木工活，撇下个傻大个儿——傻二在家，嫂子晚间睡觉时，心里都担惊受怕的。

大宝听了媳妇的哭诉，一边安慰媳妇，说他兄弟是个傻子，劝她不要在意那些；一边外出做事时，带上傻二。也就是说，大宝把傻二带在身边，省得让他在家里添乱。

傻二呢，他也能做一些笨重的体力活，譬如扛木头、拉大锯，他能像老牛拉犁一样下死力气。可一旦临到弹线、刨板面，他就没有那个能耐了。那样的时候，往往是大宝在那儿"吭哧吭哧"地做事儿，傻二却跑到一边玩耍去了。可傻二耍着耍着，往往就会把自己给耍丢了。

傻二不记路儿。

所以，好多次傻二把自己耍丢了以后，都是大宝村前村后，沟湾河畔的，把他又找回来。

这一年，大宝带着傻二到胶州湾那边去做事。赶回来的时候，就大宝一个人背着木匠家什回来了——傻二丢了。

当时，人们还议论傻二怎么就丢了呢。

过了一阵子，村里人也就把傻二给忘了。再后来，人们提起傻二时，往往会说，那傻子，十有八九，是死在外头了。

可时隔不久，村里一个闯青岛的人，回来告诉大宝两口子，说是在青岛四方台子那边，看到傻二了。

那人还具体说到当天他乘坐一辆黄包车，路过四方台子那边一个垃圾桶时，看到傻二在那翻找食物吃。

大宝听了，先是一愣！随即说，他兄弟是在胶州跑丢的。言外之意，那人应该不是他家的二子。

"对，那人不是二子。"大宝媳妇看大宝在那犹犹豫豫的样子，她便在一旁插话了。

听那话音，大宝媳妇好像去青岛看过似的。

抬
鱼

虎　子

虎子回来了。

那个清晨，天刚蒙蒙亮，一个早起捡粪的老人看到他了。

刚开始，那个捡粪的老人，看到小街上有个人影在他前头影影绰绰地晃动，误认为是跟他一样早起捡粪的。正想掉头走开呢，忽然发现那人拐进虎子家的院子里，好像还在当院的石礅上坐下了。

是谁呢？大冷的早晨，还坐在石礅子上。捡粪那老人甚至想到石礅上落着湿漉漉的夜露呢，那人怎么就一屁股坐上去了。

老人断定那人不是捡粪人。

捡粪的人，最怕遇到同行。前头有粪被人捡去了，你再跟在人家后头，那还捡什么呀。再者，捡粪的人，一大早背个粪筐，大街小巷、墙角旮旯里寻找昨夜今晨的猪屎、狗粪，个个都像狗撵兔子一般急匆匆地赶路，生怕走到别人后头就无粪可捡了。可那个人，竟然在冰凉凉的石头上坐下了。

后来，也就是那个捡粪老人，走过虎子家好远以后，忽然想起来，那个人，应该就是失散多年的虎子。

当下，捡粪老人很是兴奋！他很快把他的发现，告诉了虎子的叔叔五更。

五更在西盐河的大堤上支间茅屋养鸭子、放羊呢，他听说虎子回来了，先是一愣，随即摇头，说："不会，不会的。"五更甚至还愤恨地说，"那王八羔子，早就死在外头了。"

五更不想提虎子。

当初，虎子说是到临沂贩大葱。五更把手头积攒多年的一点养老钱，都给了他。可那王八羔子，一去就没了踪影。家中俊巴巴的媳妇苦守了他四五年，最终人家还是跟着一个卖小鸡的野汉子跑了。

而今，他那两间灰土土的趴趴屋还支在那儿。可门窗早已经破旧得不成样子。窗棂子断了，五更用几根树枝给撑着；房顶漏雨，五更搭了个木头梯子，一个人爬到房顶上，把漏雨的地方新添了些麦草。至今，还可以看到那新添麦草的地方，比老屋原来的房顶高出一层。

屋内，也没啥值钱的物件了，唯一一张木头床，还是虎子父母结婚那会儿用过的，因为室内潮湿，四条床腿都腐烂成蜂窝一样了。门上没有上锁，五更用一根竹筷子缠块布条别在门鼻上，挡挡鸡狗和顽皮的小孩子。

院墙倒了，整个家院如同个打麦场似的，四周全都敞开着。正门前的空地上，还被小孩子们画上了一格子一格子"跳房"玩的方框框。稍远一点儿，靠墙根的树底下，被风吹起一堆一团的鸡毛、枯草和腐烂了的落叶，附近人家的小狗、野猫，偏偏就爱选那鸡毛、草屑乱飞的地方拉屎、撒尿。难怪每天清晨，早起捡粪的人，都会光顾那里。

五更呢，他嘴上恨虎子，心里却惦记虎子。他期盼虎子能早一天回来，去找回他的媳妇。可那王八羔子，怎么就一去没了音

抬鱼

信？以至于逢年过节，都不回到他爹妈的坟上烧张纸。这回，若真是虎子回来了，五更想好好训导训导他。

所以，当那个捡粪的老人告诉五更，虎子回来了时，五更的心里顿时乱了方寸，他无心在河坡上赶鸭子、放羊。他找了块石头，把羊绳固定在一片草籽厚实的地方后，便反身往虎子家那条小街上去了。

虎子家那条小街上的住户，最近几年陆陆续续都加高了院墙，翻盖了房屋，唯有虎子家，院墙倒了以后，就剩下两间孤零零的茅草屋，与前后人家高大的院墙、房屋相比，如同一个没了牙口的老太太。原本整齐的街巷，临到他们家那一段，忽地就"瘪"进去一块儿。

五更找到虎子家那敞开的家院，院子里空荡荡的。查看房门上的插销（布条缠着的竹筷），好像是被人动过了。

五更意识到——虎子真是回来了。

接下来，五更又在当院的石礅旁，找到了一堆烟灰。想必，那是虎子坐在那儿磕下的。

这期间，对门一户人家的小媳妇出门往街上泼水，五更迎上去，问人家："看到虎子没有？"

那媳妇前一年才嫁过来，人家不认识虎子。但那小媳妇告诉五更，说刚才是有个高个的男人坐在那院子里。那小媳妇还具体说到那个男人的脸上有一道月牙状的疤。

五更的心里猛一愣怔！他知道，虎子离家时脸上没有疤。那一刻，五更忽而觉得这些年来，虎子在外面一定是吃了不少苦呢。

五更问："那人呢？"

那小媳妇端着个正在滴水的泥盆子，往前面盐河口一比画，示意往渡口那边去了。

五更找过去，找到渡口旁边的一家小卖店。

小卖店的人告诉他，是有个脸上长疤的男人来过。那人还打听了他五更现在的住处呢。随后，买了两刀火纸，便走了。

五更猜测，虎子是奔着他父母的坟地去了。五更找到坟地，只寻见一堆刚刚烧过的纸灰。

虎子呢？

五更四处张望，四下看不到虎子的身影。五更想，那王八羔子八成是奔着他河堤上的茅屋去了。

于是，五更掉头往回走。

五更回到茅屋，茅屋里也没有虎子，倒是发现灶台上放着一个帆布包。五更急忙打开一看，里面用一条羊肚白的毛巾，裹着七八个耀眼的金镏子。

刹那间，五更意识到，虎子出事了。

因为，那金镏子上，个个都沾有血迹。

果然，事隔不久，具体时间是一九四五年农历十月十六日前后（临沂解放），那边过来两个穿中山装的男人（搞外调的），说是虎子混入了刘黑七的队伍（土匪），并说他身上负有多起命案。

五更听到这个结果，手中正牵扯住的羊绳，瞬间滑落在地上了。

抬鱼

备注：

　　刘黑七，是民国后期活跃在苏北、鲁东南一带最大的一个土匪头目。此人性情残暴，杀人如麻。其手下的喽啰，个个凶残至极！新中国成立前后，刘黑七及其帮凶，皆被镇压。我在《盐河旧事》中所提到土匪张大头，其生活原型多为刘黑七、张新三（另一个土匪头目）的缩影。

三　套

李大会（kuài），原名李成贤。他会修锁、配钥匙。

修锁、配钥匙是李成贤的副业。

李成贤的主业是记账。用当今的话说，他属于财会人员。早年，他在吴家做账房，一手一把算盘，打得"噼里啪啦"响。核对账目时，他往左右两把算盘上一看，所打出的数目一模一样。

"嘚！"

顺手就把那数目记在账本上。

赶到年底，吴家盐田各分场的账目汇集到一起，需要几个人来一起核对数据时，六七把算盘同时打出一片爆竹般的脆响。

临到核对数据时，若是别人的数目与李成贤那两把算盘上的数目不一致，那就以李成贤的数目为准；倘若李成贤那两把算盘上的数目有异，那就得推倒重来——再复核一遍。

有人说，李成贤的脑瓜子是两瓣的——指他能够同时拨打两把算盘。其实，李成贤的脑瓜子何止是"两瓣"的，只怕是"三瓣""四瓣"都不止。他会写文书、会算卦（会查黄道吉日），还会修理拉链、手电筒。有时，女人家做鞋时，鞋面上要纳些花朵、蝴蝶、小动物啥的，也来找他画呢。

李成贤修锁、配钥匙，那已经是民国后期了。

民国后期，民间有了弹子锁。

所谓弹子锁，就是由弹簧和米粒大小的弹子（铜质或铁质的小圆柱儿）来调控锁芯。它比传统的"笊头锁"要牢固得多。

传统的"笊头锁"，结构很简单，用一个"笊头"样的竹片片，就可以把锁头顶开。

弹子锁可没那么容易顶开。

弹子锁的钥匙一旦丢失了，要找锁匠来撬锁或配钥匙。

而在盐区，哪家主妇把弹子锁的钥匙丢了，总是会喊呼身边的孩子："快去西街找李大会。"

新中国成立以后，李成贤在村里做过一段时间的大队会计。从那时起，小村里人便不再叫他李成贤，都习惯于叫他李大会。

那个时候，盐田是属于公家的，渔船也归集体所有。

盐区的汉子，无论是滩涂上晒盐，还是出海打鱼，都是为集体劳动。尤其是下南洋的船队，清一色的青壮年，组成浩浩荡荡的船队，可谓是战天斗地（天不怕，地不怕）。他们乘船远行以后，撇下一个个俊巴巴的小媳妇在家，锅上一把，锅下一把，忙得焦头烂额时，难免会丢三落四，门上的钥匙丢了，或是孩子被锁在屋里正哭呢，婆娘们这边一着急，摸出钥匙往锁芯里用力一别，得！锁头没开，钥匙断在锁腔里了。

那样的时候，只有到西街去喊李大会。

李大会被人急匆匆地喊来时，看到钥匙断在锁腔里，他会从一个油布包里摸出一把小巧的鹰嘴钳，慢慢地钳住那半拉断钥匙，左右活动一下。赶巧了，他那左右一活动，还真能把锁头打开。若是左右活动也不起作用，他就会用力把锁腔里的钥匙生拉硬拽出来。

其间，他会问主家："还有备用的钥匙吗？"

回答，没有。

他便找出锥子，硬往那锁头一侧的"铅封"上锥，锥着锥着，就听"嚓啦"一声，有弹簧或弹子，从那铅封的小孔里弹跳出来。随后，又有一枚或两枚弹子、弹簧，从那小孔里被他抖搂出来。若是有弹簧或弹子弹跳到地上，他会站在那儿不动，甚至也不让别人乱动，他要找到那枚丢失的弹子或弹簧。

因为，拆除"铅封"的锁头，他还要重新组装，重新启用抖搂出来的弹簧与弹子，重新配钥匙。

渔市巷里，有一家姓周的小媳妇，记性不好，整天丢三落四，她不止一次地去找李大会给她开锁、配钥匙。

头一回，是钥匙断在锁腔里了。李大会来了以后，看那锁头新崭崭的，舍不得动"铅封"。

因为，动过"铅封"的锁头，就没有原来那样牢固了。

李大会问她："还有没有备用的钥匙？"

那小媳妇说："备用的钥匙倒是有，被周亮带在身上了。"

周亮是她男人。

李大会轻叹一声，心想，那有什么用呢。

周亮随船队下南洋，都走了三四个月了。这会儿，没准儿正在太平洋里漂着哪。

周亮家的也叹息说："那个挨千刀的……"后面的话，那女人可能想说那个"挨千刀的"没准在海上被鲨鱼给吃掉了。但，话到嘴边，她又咽回去了。她怕那话说出来不吉利。

可李大会在埋头修锁中，还是听出那小媳妇的满腹怨言。

抬
鱼

后来，李大会又来修锁、配钥匙时，不知怎么就与那小媳妇好上了。

再后来，那小媳妇怀上了李大会的孩子。

这下，李大会和那小媳妇都慌了神！但他们合计了一下，又共同怀揣起一个愿望，那就是盼着下南洋的船队能够快些回来。

在他们俩看来，只要下南洋的船队一回来，周亮自然也就回来了。那样的话，女人肚子里的孩子，就可以赖在周亮的身上。

孰知，那一年下南洋的船队遇到风浪（赶上台风了），周亮死在海里了。

这样一来，周亮家肚子里的孩子就露馅了。尤其是后期孩子生下来以后，周家门里的婆娘们一掐算月份，那孩子不是周亮的，便有人出面来盘问周亮家——那孩子是谁的？

刚开始，那女人不说。

后来，女人承认是李大会的。

周家思量再三，差人把李大会叫来，当面把事情摊开——

周家的意思是，那孩子既然不是他们周家的种，就不能留在周家。他们让李大会把孩子抱走。

李大会把孩子抱回家，女人虽说大闹了一番，但最终还是当作自己的孩子一样，喂养起那个孩子。

李大会的女人之前为李大会生了两个儿子，取名大套、二套，而新抱来的这个，就取名三套。

三套在李家一天天长大。

而周李两家因为同住一个小村。周家那媳妇，可谓是亲眼看着她那孩子在李家长大的。

某一天，那孩子独自在街上玩耍时，被周家那女人叫到跟前，周家女人塞了两个红彤彤的小水萝卜给他，让他叫声"娘"，那孩子忽而瞪大了眼睛，抛掉他手中的红萝卜，转身跑开了。

八　斤

八斤，又名大嘴八斤。他人长得蛮好的，大白脸，高鼻梁，就是嘴巴有点儿大。小时候，与他一起玩耍的同伴，喊他八斤，或叫他大嘴八斤，他都答应。爹妈不叫他大嘴，就叫他八斤。

"八斤——"

"八斤，回家吃饭喽——"

八斤的妈妈没有裹脚，两只大脚片子，走道儿忽闪忽闪的。小村里人看到八斤妈的一对大脚很另类，便给她起了个外号——大旋风。

那外号，可能是说八斤妈妈走道儿快，脚下生风。八斤妈在小街上喊八斤时，忽闪着一双大脚，能从小街的东头，一直吆喝到小街的西头去。

"八斤——"

"八斤——"

听不到八斤回应时，她还会自言自语地骂一句："娘个老腚！"那话，看似是骂八斤，但仔细咂摸，她是骂自己呢。

小村里，大人、孩子几乎都熟悉八斤妈呼喊八斤的声音。那声音，在小村的街巷里响彻了十几年。

后来，八斤长大了，八斤妈不再那样"八斤，八斤"地喊他了。

八斤没有读过书。他自小放牛，十三四岁时，就会板起脸来，很是仇恨的样子，训斥水塘里的牛（水牛）——

"妈了个巴子，起来耕田啦！"

水塘里正在戏水的牛，看到八斤那凶巴巴的架势，加之绳索的扯动，还真是乖乖地听八斤话呢，顶着水花就从水塘里爬起来了。

盐区这地方，水塘多、湿地多，但凡喂养大型牲畜的人家，都喂养水牛，很少有人家喂养骡马。

水牛，善于在水田中耕作。时而，它还要在泥水中打个滚儿，弄得满身泥浆，以防蚊虫叮咬呢。

骡马（包括驴子）矫情，性情犟，又懒得下水，在盐区没有多大用处。

八斤自小与水牛打交道，十几岁时，他就能叉开两腿，如同固定在犁耙上一样，炸着鞭响，驱赶着水牛，在水田里劳作。

应该说，八斤十六七岁时，就已经是一个像样的牛把式了。

问题是，八斤到了快三十岁的时候，还是光棍一个，没有媒婆上门给他提亲。原因是他的嘴巴大、匡匡腿，又是个使牛的。他走起道来，两只大手，老是往自个儿的后屁头上摇摆，怪难看的。周边村子里，没有哪家闺女愿意嫁给他。

八斤懂得自己的短处，人前人后，他的话越来越少。以至于后来，他都羞于往人堆里去了。

好在，爹妈舍得下本钱，从一个鱼贩子手中，弄来一个眉眼儿还算周正的小闺女，给八斤做了媳妇。

那女子姓梁，沂蒙山矿区那边一个山旮旯的小户人家闺女，

抬
鱼

可能是向往盐区这边是鱼米之乡，在八斤家吃了两顿白米饭拌小鱼，就自愿嫁给八斤做媳妇了。

一时间，把八斤给乐的，赶牛耕田时，脸上都挂着微笑。

小梁爱吃鱼虾，八斤就天天买鱼买虾给小梁吃；小梁爱穿花布衣裳，八斤就扯来花布，把小梁打扮得跟舞台上唱戏的一样；小梁要到镇上看戏，八斤还背着小梁在黑夜里赶往镇上的戏院呢。

可有一天，小梁提出来，想回沂蒙山老家时，八斤犯了难。

盐区到沂蒙山，来回两三百里路。

早年间，盐区到沂蒙山没有交通工具，两地来往，全要靠两条腿一步一步地量。

八斤疼爱媳妇，舍不得小梁拧着一双小脚，一步一步量到娘家去。八斤把家中一头正值壮年的大牤牛卖了，买来一匹已经年老的枣红马，并将当院里一辆拉柴火的平板车，改装成一辆小马车，待小梁打扮得漂漂亮亮地要回娘家时，他就赶着马车，与小梁一起走丈人家。

即便如此，小梁当天还是回不到娘家去。路程太远，途中还隔着一条大沙河（沂河）。他们要在沂河边的大车店里过一夜。

沂河边的那些大车店，昼夜敞开着大门。且有热水烫脚，粗碗沽酒。还可以在热炕上搂着女人睡觉。

八斤与小梁认准了一家大车店，来回在那里落脚。后期，他们与那家大车店的老板熟了，对方便免了他们夜间喂马的草料钱。

再后来，说不清是哪一个夜晚，八斤在那家大车店里喝多了酒，半夜起来撒尿时，迷迷糊糊地察觉小梁没躺在他的身边。当时，八斤还处在醉态里，撒过尿以后，迷迷糊糊地又爬到炕上睡了。

可天亮上路以后，八斤回忆起昨夜的事，感觉不对了！但他并没有立马与小梁把事情挑明，而是选择了沉默与忍让。

接下来，也就是小梁又要回娘家时，八斤就很纠结。以至于，沂河边再要住店时，八斤便找了个理由，另选了一家客栈住下了。

八斤原认为那样，就可以隔断了小梁与先前那家客栈老板的来往。

没承想，事隔不久，那家客栈的老板，竟然以到盐区购买海鲜为名，找到盐区，找到八斤的家里来。

这是八斤没有料到的。

其间，八斤可能还发现了他们的一些蛛丝马迹。但他并没有在床上捉到他们。类似的事情，若是放在其他性格刚烈的男人身上，可能就要动手了。但八斤没有，八斤仍旧选择了沉默与忍让。

不过，八斤这时间的沉默与忍让，就像是身上长了毒瘤一样，慢慢地开始发作、折磨他的肉体了——他整天茶饭不思，整夜整夜地睡不好觉。恰在这时，他赶车外出拉货时，遭遇马失前蹄，一家伙将他从马车上摔下来，当场摔了个嘴啃泥。

民间有"马失前蹄，必有后患"之说。八斤顺着这个思路想下去，预感到自己将要遭遇不测，加之小梁给他戴的那顶绿帽子，让他感到越来越重。一时间，八斤钻了牛角尖——选在一天午夜，把自己悬在马棚中的一根横梁上了。

是夜，小村里人在睡梦中听到八斤妈在小街上放声哭喊：

"八斤——"

抬
鱼

"我的傻儿子，八斤——"

"……"

八斤的死，一时间成为街头巷尾热议的话题。

但时隔不久，小梁又在盐区另嫁了一户人家。那户人家比八斤家要富裕一些。人们很快也就忘记了八斤。而今，半个世纪过去了，小村里，好像没有几个人还能记得八斤。

八斤没有留下后人。

但八斤的坟头，每到清明都有人来给他烧纸。早先是小梁。后期，是小梁的子女。小梁临终时，交派给子女，要把八斤当作亲爹。

杀　猪

张康家杀猪的那天上午，王宽也跟过来找庞狗瘦要杀猪。庞狗瘦心里话——这怎么都赶在一块了呢？

庞狗瘦就是庞屠户。

在庞狗瘦看来，不管是谁来找他杀猪，他都是要去的。况且，无论杀到谁家猪，那户人家都要管他一顿肥突突的肉菜，额外还要把他动刀子的那盆猪血送给他。这好像已经成为规律了。有时候，赶到大户人家连杀几头猪时，人家送他一套"连肝肺"的事儿，也是有的。盐区这边，把猪的心、肝、肺连在一起，称为"连肝肺"。所以说，一年三百六十五天，庞狗瘦天天都盼着有人请他去杀猪。

眼下，年关将至，家家忙着办年货，这杀猪的事儿，赶在一块儿，也在情理之中呢。所以，庞狗瘦在张康家正准备杀猪时，王宽找过来也要杀猪。还说，他家的猪，头天晚上就没让进食。好像他们家今天要杀猪，是早有准备的。其实，王宽是听到张康家的猪叫，临时起意要杀猪的。庞狗瘦呢，他口中叼着一支"黄金叶"，看都没看王宽一眼，凶巴巴的样子，说："你回去烧水吧！"

烧水，是用来烫猪、褪猪毛呢。

王宽懂得杀猪那一套——捅猪、烫猪，还要给猪开膛破肚，

抬
鱼

翻弄大小肠子，好多琐碎事情呢。所以，庞狗瘦叫王宽回家烧水时，王宽并没有立马走。他站在那儿，看那庞狗瘦一刀扎进猪的胸腔里，遂扯出一股红绸布似的"血瀑"，一抖一抖地"飘落"进案板下面的接血盆里。

后来，王宽还想看庞狗瘦是怎样"吹猪"（往猪的皮层下吹气，让猪鼓起来，用开水烫后，好刮毛），可那时间，一股小旋风不知怎么刮进张康家的院子里，把树上的积雪都给抖搂下来了，王宽下意识地缩了下脖子，抬头望望天，云朵厚厚的，像是又要下雪了，想到还要回家劈柴火烧开水，他便从人群中退出来了。

没想到，王宽到家以后，婆娘已经把一锅水烧得"咕嘟咕嘟"大欢唱呢。

王宽家杀过猪，婆娘知道杀猪是需要很多开水的。

接下来，王宽与婆娘望着天上的云朵等庞狗瘦，估摸太阳划过正午了，那庞狗瘦连个影子也没来。其间，婆娘问王宽："那狗瘦到底什么时候来？"

王宽嘴上说张康家事情多，但他没有告诉女人，张康家当天杀倒了两头大肥猪。那庞狗瘦可要忙活大半天呢。王宽甚至猜到，那张康，开着酱菜店，出手阔绰得很，当天中午，庞狗瘦一定会在他家喝很多酒。那样，到了晚间，轮到他们家招待时，他可能就没有多少酒量了。

果然，傍晚时庞狗瘦挑着杀猪桶过来时，走道都往两边打摆子。但他来王宽家杀猪的事情没有忘，进门就酒气冲天地嚷嚷："开水，开水烧好了没有？"

王宽的婆娘踮着一双小脚，迎合着笑脸，说："烧好啦，早

165

就烧好啦！"

庞狗瘦醉不拉叽的样子，胳膊一抡，问："烧了多少？一锅不够。"

王宽的婆娘说："知道的。"又喊呼小巷对面的王良家，"你那边再给我加一把柴！"

王良家，见天在街口蒸米糕。可今天，人家连米糕的生意都不做了，头半晌就过来帮着劈柴火。

这会儿，庞狗瘦来了，那小媳妇把开水烧好以后，也跟过来看热闹。

还好，一切都是按照事先准备好的套路进行的。只是到了晚间喝酒时，王宽的婆娘犯了难，她本来想等庞狗瘦把猪肠子清洗出来，做一盘肥突突的"杀猪菜"给他们下酒，可这会儿，天都擦黑了，庞狗瘦还在那不紧不慢地翻弄猪肠子。无可奈何，那婆娘只好拍了根青萝卜，炒了两个鸡蛋端上桌。

"你看看，你看看，这婆娘，看着杀猪菜不做，让庞师傅吃这个。"

酒桌上，王宽自个儿都看不下去了，他气抖抖的样子，跟庞狗瘦说："回头，你把那套连肝肺带走吧。"

庞狗瘦知道那是客套话，一个劲儿地说："没事，没事的。"并说，他中午在张康家吃了好些肉菜的，这会儿吃点清淡的，正爽口。可庞狗瘦的筷子伸到盘里时，还是觉得王宽家小气呢。

好在，酒后庞狗瘦挑起家伙什儿往家走时，王宽跑到旁边三华家小店里拿了两盒"黄金叶"，硬塞到他的衣兜里，庞狗瘦的心里这才好受了许多。

抬
鱼

回头，送走了庞狗瘦，王宽转身拐进锅屋，看到案板上女人要炒但又没有炒的那套连肝肺，扯了几根稻草，打了个草绕子（类似于草绳子，但没有草绳子扎实），便把那连肝肺挂到夹道里面的墙上了。打算过年时，新女婿上门，整两盘像样的下酒菜。

盐区这边建房子，家家都要在堂屋与边屋（锅屋）之间留一个宽约三尺的过道儿（夹道），既可以给堂屋的窗口透光，又可以起到防火作用。只是那夹道里常年背阴，冬季里还积雪不化。好在，那地方阴凉，入冬以后，一时吃不着的鱼肉，挂在那里，十天半月都不会坏。

当夜，果真是落雪了。

次日清晨，王宽还在床上睡呢，女人开门出去，又转身回来，跑到床前晃醒王宽，问："昨晚你是不是把那套连肝肺送给了庞狗瘦？"

王宽愣怔了一会儿，说："没有呀，我挂在夹道里啦。"

女人说："是呀，我也记得你是挂在夹道里的，这怎么就没有了呢？"随后扯开王宽的被角，说，"你快起来看看！"

王宽披衣下床一看，夹道里果然是没有那物件。

女人问："你挂哪去了？"

王宽也觉得奇怪！

但王宽并没有像女人那样瞎喳喳，他穿好衣服，转到院墙外面一看，问题找到了——那东西被人偷了。

王宽指着墙头上类似于野猫爬过的雪印子给婆娘看，他还在墙根底下，找到了板凳腿的痕迹，断定对方是踩在板凳上，用竹竿从院墙外，把那套连肝肺给挑走了。

女人说："这是哪个穷鬼干的下贱事？穷疯啦！"

王宽思量了半天，用眼神斜了斜对面的王良家。他似乎想到，昨晚上他往夹道里挂那物件时，王良家可能是看到了。

"这个骚女人！"王宽的婆娘气得脸色都变了，她转身要去王良家看看。

王宽却一把扯住她，说："我这只是猜测，没抓住人家手腕的事，不能这样冒里冒失地上门质白（质问）人家。"

"那怎么办，我去骂街，谁吃了那连肝肺，让他全家人不得好死！"

王宽支吾了一句，说："这大过年的！"王宽可能还想说，咱家的新女婿马上就要上门了，为那套连肝肺去骂街，不值当的。

女人说："那也不能让她白白地偷了去。"

王宽说："冤家宜解不宜结，左邻右舍地住着，咱不妨换一种处理问题的办法。"王宽跟婆娘说："那王良家不是在这忙活了大半天吗，咱这样吧，再送两斤肥猪肉给她表示答谢，看她什么反应。"

王宽的婆娘先是不同意，后来听王宽这样那样地一分析，她也就不吱声了。

接下来，也就是王宽家把两斤肥猪肉送到王良家以后，王良家选在大年初一，第一个来王宽家拜年——送来一簸箕暄腾腾的大年糕，美其名曰——年年糕（高）！

王宽一家自然笑脸相迎。可王良家走后，王宽与婆娘对对眼睛，心里话，馒头有数，客有数，偷了那连肝肺的人，如今送来一簸箕大年糕，也算是悔过了。

可王宽的婆娘还是不依不饶，她嘴上一直骂着王良家那个识面不识心的小贱货！

接下来，也就是春节过后，天气一天天转暖。王宽家夹道里积雪融化以后，墙根底下忽然闪出了那套连肝肺——原来那东西只是打了个草绕子挂在墙上，并没有挂牢实，掉到地上以后，被当夜的大雪给覆盖住了。

大　志

大志，不是家里的老大，他上面还有一个哥哥。大志的哥哥叫扣，比大志要大个五六岁。

那个时候，父母给子女起名字，不是窝囊，就是臭。要么就是狗蛋、猫屎之类，都是阎王爷听了，捂着鼻子绕开走的名字（好养活）。扣的寓意更直接，怎么说人家是扣住了的，谁来抢夺都是没有用的。

那么，大志呢？他的哥哥叫扣，顺延下来，他应该叫二扣，或跟扣、连扣呀，怎么中途变了套路，改叫大志了呢？究其原因，不外乎父母期望儿女存活下来的同时，还要有远大的志向。所以，扣的弟弟就叫大志。两兄弟成年后，大志的个头比哥哥高，但他没有哥哥有文化。

扣儿读过私塾。

当时，扣的父母还在，贾先生也在。

贾先生是清代的秀才。小村里，但凡有隔夜粮的人家，都要想法子把孩子送到贾先生门下认几个字，起码要会写自己的名字。扣儿学习刻苦，他跟着贾先生学会了《三字经》《百家姓》，还练得一手像模像样的大字（毛笔字）。

贾先生教学生写大字时，他会在学生身后猛然抽笔，验证他们握笔是否用力。因此，每天都有学生挨板子。扣儿算是挨板子

抬
鱼

比较少的。但有一回，他在躲闪贾先生的板子时，脑袋一偏，那"教板"（竹板）正巧划到他眉骨上，当场就把他眉眼那儿划开一道血口子。后来，那地方留下一道疤，形成了"疤瘌眼儿"。这对于本来个头就不高，长相又平平无奇的扣儿来说，无疑又增一"丑"，致使扣儿到了说亲的年龄，迟迟没有姑娘相中他。

后期，媒人领来盐河北乡一个眼里长有"萝卜花"的女子，原认为与扣儿是"半斤对八两"（一个"萝卜花"，一个"疤瘌眼"）。没料想，相亲当天，"萝卜花"还是没看中扣儿，倒是对扣儿的弟弟大志有好感。

那时间，扣儿的父母已经去世了。扣儿兄弟的婚事由叔叔做主。面对女方的"美意"，叔叔直咂嘴儿。

"事情嘛——"扣儿的叔叔声音拉得长长的，他认为女方相中了大志，这本身也是件好事情，但他担心那样一来，扣儿就"晾"在那儿了。叔叔与媒人说："这不是一弯河水绕开岭头走吗？"言外之意，若是把那"萝卜花"嫁给了大志，扣儿的婚事，可就是那岭头上见不着水的草——黄了。

是夜，扣儿没有睡好。

扣儿的叔叔也没睡好。

第二天，扣儿做出一个决定——闯东北。

那年头，盐区这边吃不上饭的血性男儿，大都向往东北，向往东北的白山黑水能养活人，能娶到媳妇。所以，扣儿一咬牙，把家中的两间老屋留给了大志，只身一人去了东北。

还好，扣儿到东北不久，便给家里写信，说他在吉林桦甸那边投奔当地老乡。并于当年夏秋时，给大志寄来三十块钱，让大

志尽快把"萝卜花"娶进门。那时间全国都已经解放，三十块钱（新币），可以买一头大牯牛。

后人说，扣儿那三十块钱，是叔叔从张康家酱菜店借出来寄给他的，他又寄给了大志，往返那么寄了几次，就把"萝卜花"给哄到手了。这事，也不知是真是假。

但有一件事情是真的，扣儿到东北的第二年也成了家。从照片上看，女方年龄好像比扣儿要大一点，两个人笑着坐在一条长板凳上（可能是照相馆的人逗他们笑的），扣儿露出六颗牙齿，那女人牙齿不太整齐，只露出三颗，眉头还皱着，且皱纹好深，能夹住韭菜叶儿。后来，听同村闯东北的人回来说，扣儿在那边是给人家"拉帮套"的——那家男人在林场伐木头时摔下悬崖，下半身不能动弹（瘫了），膝下三四个孩子无人拉扯，便将扣儿招进门，白天帮助他家干活，晚上可以与那家女人睡觉。

这件事对于大志来说，他可能觉得不太光彩。所以，后来的年月里，大志很少提到他东北的哥哥。

这一年，小麦扬花时，大志突然接到一封信。打开一看，是东北那户人家的儿女写来的，说是他们的叔叔（扣儿）得病死了，让老家这边，尽可能去把骨骸领回来。随信，附有大志哥哥的临终遗言。信中说，希望二弟能在他死后，把他的骨灰埋在父母坟前。

大志看了那封信，抹着泪水去找叔叔，并决定变卖掉家中一头半壳儿猪（还没有长大的猪）当路费，去东北把哥哥的遗骸"搬"回来。

转天，大志走后，叔叔过来把大志的家天子（家院）里里外外收拾一番，还把猪圈旁边的泼水汪也垫平了，计划在堂屋门前搭灵棚的同时，约了鼓乐班子，打算等扣儿的骨骸一到，就在村东小盐河口那边先吹打上一阵子，让外人知道扣儿回家了。

孰知，半月后，大志从东北回来时是深夜，他没有惊动外人，连夜在父母的坟前挖了个坑，悄无声息地把哥哥给埋了。

这件事，惹得大志的叔叔和家族里的长辈们都很不高兴，大志的叔叔甚至指着大志的鼻尖儿，痛斥他："你哥哥是狗、是猫，你就这样不声不响地把他给埋下啦！"

大志呢，低头蹲在当院的石磨旁掐草棒子，半天一言不发。他心有苦衷，又好对谁说呢？此番，他去东北，已经花光了一头猪的费用，外面还欠着一屁股债。而今，哥哥的遗骸搬回来，再去吹吹打打地折腾，不知又要花费多少。所以，他就那样把哥哥埋了，也算是了却了哥哥的心愿。

可这件事，遭到叔叔和乡邻的谴责后，大志的心里慢慢有了心结。以至于后来，人前人后，他都沉默寡言。到晚年，大志为此事忽而变得疯疯傻傻，他整天往小村北面跑。家里人把他找回来，他就揪着自己的头发，自言自语地嘀咕说："我要去东北，我要去找哥哥！"

当时，人们就猜测，当初大志可能没有把哥哥的遗骸搬回来。

果然，事隔不久，人们从大志的疯话中得知，那一年他走到济南转车时，身上的钱被小偷给摸去了。他两眼茫茫地想要徒步走到东北去。可左右一打听，此地离东北还有两三千里路。无奈之下，他面朝北方，抓了一把黄土，放在一个瓷罐里，回来哄骗婆娘和儿女，谎称那里面是他兄长的骨灰。

抬
鱼

逃　兵

　　谭秃子年轻时，头上是有些稀疏的毛发的，尤其是他的耳根子上方，有一圈较为陡立的"篱笆墙"。后期，随着年龄的增长，他那圈"篱笆墙"上的毛发越来越少，他也就越来越像个秃子了。

　　谭秃子，个头不高，胖乎乎的，夏天打光背的时候，他的裤腰都快系到胸口那儿了。但他眼睛挺大，如同一对铜铃，给人的感觉，他的眼白多、黑眼珠子少呢。那可能是他的眉骨宽大，眼球外鼓的缘故。

　　谭秃子当过兵。有人说他是逃兵。其实，不是那样的。谭秃子最初当的是国民党的兵，被八路军收编过来以后，又在革命队伍里干过一段，而且立过战功，但他也犯过错误（男女关系方面）。被组织上"劝退"到地方以后，他就在生产队喂猪。

　　谭秃子喂猪时，已经娶妻生子，但他整天沉默寡言。有人说他望猪发呆时，是在反思他过去的错误。也有人说他手上沾有同胞的鲜血，无时不在忏悔。

　　要知道，当初谭秃子从国民党那边被俘以后，几乎就在当天，他掉转枪口，向着对方开火。那时刻，他极有可能伤及他之前的弟兄。

　　可小村里人每当谈论到谭秃子时，总觉得他是逃兵，总觉得他会欺压妇女，甚至还会想到他与婆娘每天晚上都要干那事似的。

谭秃子不是盐区人，他祖上山东岚山。可能是他父亲那一辈扎觅汉（给财主家扛长工）来到盐区，就在此地落下脚。所以，谭秃子满口的岚山话——侉。他管昨天，不叫昨天，叫夜啦格；管稀饭叫黏珠；管小河里摇头摆尾的黑蝌蚪，叫个个豆。

小村里人常学谭秃子的岚山话，挂在人们嘴边的一句是："妈拉个巴子的，睡觉不脱椅上（衣裳），撤撤行行的（支起空间了），清棱的（很冷）！"

这话，原本是谭秃子在新婚之夜与他媳妇调情的——嫌他媳妇睡觉不脱衣裳，不好干那事儿。被窗外听门子的人窃听到，再添油加醋，很快就在小村里流传开来。时至今日，人们说笑时，还会拿捏起谭秃子的侉腔，说："睡觉不脱椅上，撤撤行行的，清棱的！"

逗得听那话的人乐。

学那话的人也乐呢。

有资料显示，谭秃子参加过淮海战役。攻打碾庄时，有一座暗堡久攻不下，谭秃子接到爆破任务后，抱起炸药包，叮嘱身边的同志，不是如何掩护他，而是说："妈拉个巴子的，告诉炊事班，给我整碗红烧肉！"多年以后，人们看到他肚皮上那胖拽拽的赘肉，还会觉得他那是吃红烧肉吃出来的。

其实不是那样的，战场上哪有什么红烧肉给他吃，他那是画饼充饥，自己鼓舞自己呢。包括后来他回到地方，日子同样过得很紧巴。曾经有那么一段时期，他掀开家中的锅盖儿，看到婆娘所做的饭菜，还不够几个孩子吃的，便扭头奔生产队的场院里去

抬
鱼

了。在那里，他可以寻找些喂猪、喂牛的干瘪玉米、烂土豆、坏地瓜之类的食物来充饥。其中有一回，他怀里藏了块喂牛的花生饼，想带回家给他的宝贝儿子大套吃，被人查到后，差一点儿撸去他养猪的差事。

当年，喂牛、养猪，是生产队的美差。

谭秃子从部队回来以后，能安排他去养猪，那是对他很大的照顾了，包括他居住的房屋，原本是地主张康家看守酱园的酱菜房，组织上让他在那里安了家。

只可惜那地方排水不畅。

早年，张康家的酱菜铺子——前面临街开店，后面围"园"储存酱菜。但那园子是一片洼地，张康只把一排排酱菜缸存放在那里，也就是后期谭秃子家的居所。

那地方，打北面下来一道慢坡，张康为保证前面店铺的宽敞与整洁，便在房屋底下掏洞（涵洞），将北面来水，引入"洞穴"——引入他家房屋下面的涵洞，流到前街。然后，再汇入村东的小盐河。

应该说，当初张康那样设置排水，还是比较科学的。起码是保住了前街店铺的整齐划一。

土改的时候，政府将张康家的酱菜铺子收编过来，改为供销联社，当初的房屋结构和"地下流水"，也都保留了原来的模式。

没承想，那穿屋而过的地下"涵洞"，年久淤塞，加之周边人家杀鸡、宰鹅的鸡毛、鸭肠子都往那"涵洞"口处扔，导致排水不畅。每到雨季，谭秃子家的院子里、房屋内，时不时地就会灌进一些黄汤汤（污水）。

抬鱼

谭秃子一家深受其害。

谭秃子反而不以为意。他总觉得有个地方住着，就已经很不错了。他甚至拿他身边的战友比——好多人都死在枪林弹雨里了。

但那话，他是在心里说的。

谭秃子那人，向来话语很少。他整天忙于生产队场院里的事情。同时，他还兼顾村镇上一些人家的红白事儿——帮人家拎汤罐儿。

盐区这边，有送汤的习俗。

送汤，是给死人送汤，寓意着让死者的灵魂，吃饱喝足了，好上路（奔西天）。

那么，拎汤罐者，便要找一个合适的人选。首先，死者的家人不能拎，他们要哭，要哭出心中的悲痛，要哭给乡邻们观看。所以，拎汤罐那差事，只能选个旁名外姓的人来做。谭秃子家单门独户，他正适合做那个。

所以，小村里一旦哪户人家老了人，儿女们街口一哭号，或是吹鼓手的唢呐一响，谭秃子便不请自到——去帮人家拎汤罐儿。

那样的时刻，谭秃子会走在众孝眷的前面，步伐迈得慢慢的，脸上的表情木木的，赶到街口人多的地方，他还会故意停下脚步，让死者的儿女们捶胸顿足地哭上一阵子。一旦送汤的队伍走出村外，谭秃子的步伐自然也就加快了。应该说，谭秃子在拎汤罐的这件事情上，他拿捏得相当得体。

有人说，谭秃子拎汤罐儿，是在为他谭家人积德。

这话怎么说呢？也对，但不全对。盐区这边，自古有"红事上门请，白事等人帮"的说法。即，家中儿女办婚事，喜主带上烟、糖，上门去请人家来帮忙。而家中死了老人，谁与你家关系好，无须上门去请，人家自然会来帮你。若是那户人家为人不好，家中死了老人，无人靠前。那样，死者的后人，是很没有脸面的。这其中，也包括张家老了人，李家来人帮。以后，李家老了人，张家也要去帮衬的理儿。

有人说，谭秃子帮衬人家拎汤罐儿，看似是在给自己留后路——考虑他死了，乡邻们能来帮衬他们谭家。实际上，他是在慰藉自己的灵魂。因为，当年他在战场上，确实杀死过不少人。

谭秃子那人，一辈子也没有敞开心扉与谁说几句痛快话。现如今，他已经死了好多年，他心里的好多事儿，都被他带到坟墓里去了。

藏　羞

一挂小鞭，在巷口那边炸出一团淡蓝色的烟雾。一帮小孩子，如同一群争抢肉骨头的小柴狗，挤挤扎扎地"钻"进烟雾里，去争抢那些尚未燃爆的"哑鞭"玩。随之，烟雾升腾、淡化，就见两三个衣着崭新的婆子，搀扶着大川媳妇，从巷口那边踩着新铺的麦草，一路"吱吱棱棱"地走过来。

那一天，大川娶亲（结婚）。新媳妇穿一身大红的花衣裳，踩一双软底、绣花，略显瘦小脚型的红绣鞋，来到大川家贴有"红双喜"字的大门口时。忽而被几个伙混子（小青年）堵在大门外，他们不让新娘子进家院，一个个嬉皮笑脸的样子——要烟、要糖，要新娘子与大川亲个嘴儿。

大川呢，那会儿早躲到一边去了。

那几个头上别有小红花朵的婆娘，左右护着新娘子。她们与"堵"在门口的伙混子谈条件，由两条烟卷降为两包烟卷，两包糖果降为两把糖块。赶到条件差不多达成时，其中一位婆娘，示意新娘子给他们散烟、分糖果儿。可就在那个当口，人们似乎发现，大川媳妇只用左手在挥动，她的右手包在一团花色鲜艳的毛巾里。

那又是怎样的讲究呢？

盐区这边，十里变风俗呢，大川娶亲的当天，与他耍得好的一帮伙混子，将他媳妇堵在家门外，要烟、讨糖，佯装不让对方进洞房，那叫闹喜。小巷口那边，让新娘子下轿，踩在新铺的麦草上，寓意着新人踩金（视麦草为金条）。而新娘子用毛巾把右手包裹起来，那又是何意呢？

大川媳妇是盐河北乡人。

盐河北乡的女人，是不是新婚当天，都要把右手包裹起来？那就不知道了。所以，当天人们只是象征性地"闹闹"，就放新娘子入洞房了。

次日，按照盐区这边的礼数，大川一早晨要领着新媳妇，拜见爹娘和留宿的老姑奶奶和姑舅姨娘。那时刻，大川媳妇盘起了发髻，换上了一件竖领、收腰的紫花色旗袍，但她的右手间，仍然包裹一方手帕。好在，那手帕的颜色也是紫花的，与她那身收腰的紫花色旗袍还挺搭的。

当时，人们就犯疑了——大川媳妇的右手是否有残疾？

果然，等大川领着媳妇跪在爹娘跟前，伏地磕头时，媳妇只用左手捣地，她的右手始终握在胸前的帕子里。

那一刻，爹娘的笑容僵在脸上。大川的心里却异常平静。

事后，爹娘从大川的口中证实，他媳妇手上确实有残疾。至于是怎样的残疾，大川不说，媳妇不让外人观看。自然也就无人知晓。

大川呢，他早年跟着贾先生读过私塾。贾先生是清代的秀才。后来，大川曾一度把书本读到江宁府去。旧制的私塾改为学堂以后，他回乡做了一名乡村教员。他与现在的媳妇相识，是在去北乡夜校当教员的某一天晚上。

抬
鱼

当时，大川媳妇坐在教室的第三排。灯影里，她白净的脸，红润的唇，水汪汪的一双大眼睛，文文静静的样子，一下子吸引住讲台上的大川。当夜，放学后，大川主动送她回家。接下来，大川又送了她几回，都不知道她手上有残疾。等大川察觉到她的右手在着意"躲闪"什么时，他们已经山盟海誓了。

大川与媳妇，是小村里第一对自由恋爱的人。

婚后第四天，盐区那边逢大集，大川领着媳妇，从集镇的东头，一直走到集镇的西头。每路过一个摊点，他们似乎都要驻足观望。其间，媳妇把右手斜插在大川的衣兜里。大川买了一串米糕帮媳妇拿上。时而，他把那串米糕递到媳妇唇边，让媳妇咬一小口，再咬一小口。

集镇上，好些人都已经知道大川娶了个"残手"的新媳妇，他们"咬"耳朵、"戳"他们小夫妻的后背儿，猜测——

那女人的残手，是不是像鸡爪子一样，张牙舞爪地难看？

也有人说，那女人的手像只小铜锤——五指没有了，只有一个肉疙瘩。

还有人说，可能就是某一根手指头断掉了，等等。

大家都是在猜测，谁也没有见到过那女人的残手。但集镇上的男男女女好像都很羡慕他们。女人羡慕大川那么疼爱媳妇。那个年代，即便是婚后养育了子女，都很少有夫妻在街面上手牵着手。而大川他们两口子还在新婚里，竟然膀子挨着膀子在集镇上走。看似有伤风雅，却也眼馋了一街男女。尤其是熟悉大川的男人，先是猜测那女人的残手到底残缺成什么样子，再就是想象晚上她与大川上床以后，那残手该往何处摆放。

"她会用那残手挠大川的痒痒吗？"

"那不影响她扭动腰肢吧？"

"……"

男人们的议论，都很色。

大川呢，可能是因为在江宁读过书，见过外面的世界，他似乎不在乎外人怎样看待他们。每天放学以后，他就与媳妇黏在一起，帮媳妇剥花生，展领角，捏去媳妇身后的一两根散落的头发。时而他们也到码头上看风景。那样的时候，他们俩总是挨得很近。大川呢，有意无意间，还会用身体遮挡住媳妇的残手。晚间，大川在灯影里教媳妇认字儿。只是媳妇那只残手，始终不让外人看到。

白天，大川到学校去教课，媳妇就在家里。时而，她也到园子里去拔菜，但她那残手，每回都是包裹着的。

村头，溪水边洗衣服，她错开婆娘们抱团搓洗的时间，选在午后河边人稀少时，独自蹲在那儿抡棒槌。偶尔，回娘家，她左手拎着包裹，右臂挽包袱的同时，早已把"残手"藏进包袱里面呢。

后期，她怀上了孩子。临产时，大川去村西请老娘（接生婆），媳妇那残手也都是包裹严实的。其中有一天，学校里几个要好的老师，聚在一起下馆子，酒喝到兴头上，话题不知怎么就扯到了女人身上，有人问大川：

"你媳妇那右手是怎么啦？"

大川没有回答。

"你见过没有？"那话里的意思是说，他媳妇的残手，整天包裹着，你大川本人见过其真面目没有。

大川酒杯一端，说："喝酒！"

大川说"喝酒"时，脸色板板的，显然是被人问得有些不高兴呢。此后，就再也没有人去打听大川媳妇那残手了。

而今，半个多世纪过去了，大川媳妇，还有大川，以及小村里的好多人，早就埋进后岭的土里了。可大川媳妇那残手，始终无人见过。她死时，那残手也是包裹着的。

抬
鱼

躲　丧

女人高

男人矬

揽在怀里当成儿

要想喫个嘴

蹲在脚面都够不着

……

这段乡间野语一样的荤话，是说汪大娶了个比他的个头高很多的媳妇。两个人要想亲个嘴儿，都要费很大的劲呢。可那话的背后，好像还掩藏着另一层没有直说的意思，很黄！小孩子们听不懂。大人们心里都明白。每当有人说笑起那段"荤话"时，男人们总是开怀坏笑，女人也都抿着嘴儿偷乐。

汪大，外号汪大个子。

新中国成立前，汪大个子在财主家喂牲口。新中国成立以后，他还是喂牲口。不过，那时候他是在农业社里喂牲口。

汪大个子那矮小的身段，老气横秋的怪模样，好像就适宜喂牲口。让他干别的体力活，他也干不动的。

有人说，汪大个子牵着牲口走在牲口群里，如同把一枚干瘪的豆荚随意扔进杂草丛里，不认真去翻找，是根本看不到他的。

可见，汪大个子那个头儿，也不过就是牛、马、骡子那样高。甚至还没有牛、马、骡子高呢。

那样一个身段儿矮小的男人，人们给他起外号，干脆就叫他汪小个子呗。不！偏要反着来，叫他汪大个子。似乎只有那样拧着劲儿叫他汪大个子，才够味儿！

汪大个子的婆娘身条倒是蛮高的，但她脱离不了汪大个子那诨号的笼罩，人们叫她汪大个子家的。

盐区这边结过婚的女人，大都淡化了先前在娘家那边的姓名，随着夫姓叫。譬如王嫂、李婶、胡奶奶，再就是汪茂家、家良家、李广家等等，汪大个子的婆娘，可不就得是汪大个子家的。

好在，盐区地碱水咸，人们说话做事，干净利落。大伙嫌"汪大个子家的"那样叫起来绕口，省去仨字，叫她汪大家。

汪大家与汪大个子，早年间都在财主家扛活。若不是新社会政策好，那个比汪大个子个头高，长相也很讨人喜欢的女人，早就成了地主家的小老婆。曾有人断言，当年的汪大家，十有八九是被她的主子给睡过了，才赏了顶"绿帽子"给他汪大个子戴上的。

谁知道呢，那都是好多年前的事了。

现如今，人们只感觉汪大家两口子站在一起，就像是正月十五"划旱船"——汪大个子像是那身着蓑衣、头戴斗篷的"划船佬"，他媳妇就是那浓妆艳抹、踩在高跷上的"船娘子"。两个人一高一矮，滑稽可笑。

可就是那样一对看似滑稽好笑的夫妻，偏偏生出个驴桩子（个条高）一样的宝贝儿子，取名大涝。

现在想来，大涝出生的那一年，盐区的雨水应该是很大的，庄稼呀、树木呀，菜园地里的辣椒、茄子啥的，极有可能涝死不少。否则，父母怎么那样气狠狠地给儿子起了个仇视天气的乳名：大涝。

大涝很小的时候，就与他上面的两个姐姐不一样。

大涝上面的两个姐姐，长相随汪大个子，六七岁时，就长了抬头纹。盐区这边管那些小小年纪就长抬头纹的孩子叫"出壳佬"，寓意着长不大，也长不高。

大涝不是那样的，大涝随他娘，脖子细长细长的，脸形呀，身条呀，都与汪大个子不一样。

大涝与他同龄的小孩子在街面上玩耍，有人指着他那细高的背影，说那是汪大个子的儿子。看到的人都很惊讶！大伙咂摸嘴的同时，点头说："随他娘。"

"女随爹，男随娘，这都是出自古语的。"

"是呀，汪大家若是再生个黄毛丫头随了他爹，那家人可就是一窝矮矬子了。"

"……"

街巷间，人们的闲话里，都可以听出汪大家生了个好儿子。

可后来，随着汪大家那儿子一天天长高后，村里人隐隐约约地察觉出什么不妥——那孩子瘦长的脸型、牙齿不规则的排列，包括他走道的步态，都像是西小坝看鱼塘的陆明。

陆明是个光棍汉。他早年当过兵。但他当的是国民党的兵。

新中国成立以后，陆明在村子里是很受人排挤的，大家都知道他是跟着"老蒋"扛过枪的，都觉得他是个坏人，甚至说他是国民党的特务。所以，陆明一直没有讨上老婆。

盐区在新中国刚成立那会儿，陆明在小村里扫大街、掏大粪。后期，他的腿脚不好了（战场上受过伤），村里人这才安排他到西小坝那看守鱼塘。

小村里人，根据大涝的年龄推算，陆明与汪大家勾搭在一起的时间，应该是陆明扫大街的时候。

那个时候，陆明每天天不亮就要起来扫大街。而同样需要早起喂牛的汪大个子，往往是听到小街上陆明的扫帚响，他便推开自家的小柴门，到农业社的场院里去铡草、喂牛。

可能就在某个清晨，汪大个子早起去喂牛的那点空当里，给了陆明"溜门子"的机会。

也有人说，不是陆明"溜门子"，是汪大家把陆明勾引到床上的。并具体说到那天清晨，雾气很大，汪大个子早起去喂牛以后，正巧陆明扫街到了他的家门口，汪大家把事先准备好的一盆清水，猛不丁地往街面上一泼，正好就泼到陆明的衣裤上了。

然后，汪大家又假装小街上雾气大，没有看到陆明似的，衣扣都没有扣严实，便慌里慌张地跑出来向陆明赔不是，并帮助陆明把他上身的外衣脱下来，要帮助他去淘洗。可脱着脱着，就把陆明的裤子也给脱下来了。

后来的事，到底是怎样的，小村里有好多传闻。可传闻总归是传闻。那个时候，天还没有亮，小村的街巷里雾蒙蒙的，家家户户的婆娘，正揽着孩子，或是拱在男人怀里睡早觉呢，哪个会去关心小街上发生了什么。

只是到了后来，大涝的长相越来越像陆明，人们这才眉飞色舞地把当初的事情编得那样有鼻子有眼儿。

大涝呢，他似乎也感觉到自己的身世复杂。因为，他小的时候，陆明给他买过糖果、买过瓜。有几回，陆明还把池塘里捉到的黄鳝鱼、白鲢子，用柳条子穿成串儿，让大涝沿小路拎回家。

不过，那时候大涝年纪小，不怎么懂事儿。但大涝能感觉到陆明对他好。陆明曾用一根曲里八拐的枯树根，给大涝打磨过一把小手枪，大涝别在腰间玩耍了好长一阵子。后来，大涝知道陆明可能是他的亲爹后，他不但没有与陆明更加亲近，反而躲闪起来。好多次他与陆明走个对面，他不是闷头走过去，就是脸别到一边，有两回，他还故意绕开陆明走呢。

也就是说，陆明到老，仍然是孤身一人。

而汪大个子那边，因为大涝娶妻生子，反倒是儿孙成群。

1969年冬天，陆明病逝，小村里人都在猜测，大涝可能会来送陆明一程。没承想，陆明出殡的当天，大涝有事外出——没在村里。

小村里人，就那样不声不响地把陆明抬到盐河边给埋了。

出人意料的是，当天夜里，有人在陆明的坟上燃起了火纸。以至于后来，每年清明，也都有人到陆明的坟上送些纸钱。

南 下

盐区这边，提到南下的干部，至今，还有人按捺不住内心的愉悦，说"俺家老爸是南下的干部"；或者说"某某某的爷爷是南下的干部"。那种语气和眼神里，流露出几多荣耀与自豪呢。

盐区人所说的"南下干部"，是指当年沂蒙山革命老区过来的那批干部。

新中国刚成立那会儿，盐区缺少干部。而与盐区相距百里的沂蒙山区解放得早，随即派来一大批男男女女的干部，帮助盐区开展地方工作。

从地理位置上来讲，沂蒙山地处盐区的西北方向。应该称他们为"北面来的干部"。可不知为什么，盐区这边偏偏把地理位置倒过来说，称他们为"南下干部"。

他们中，有军队里正在服役的军人（盐区刚解放时，实行过一段时期的"军管"），也有地方上的小学教员、演员、煤矿工人，以及宗教界的同志，还有一部分是革命老区的进步人士。他们为理想，为追求美好的生活，跟随解放大军，一路南下，并在"南下"的途中，播撒下革命的"火种"。

张兆和便是那批"南下干部"中的一员。但张兆和不是现役的军人，也不是小学教员，他没有什么文化，他就是枣庄那边煤矿上的普通工人。用他自己的话说，他出来参加革命，可以节省

抬
鱼

些粮食给家中的婆娘和孩子们吃。

新中国成立初期，人们的生活相对比较困难。

张兆和在盐区的那段时间，吃住在潘守富家。

潘家祖上留下三间茅草屋，西头那间另开了一个房门。组织上前来考察南下干部住处时，选定了潘家的那间西屋。随后，将张兆和的铺盖和他本人的"定销粮"投放在潘家。

潘家上无老人、下无子女，日子相对好过一些。再加上潘守富撒得一手好旋网（渔网），隔三岔五地到盐河边捉些小鱼小虾，女人在灶房里不时地烹饪出鱼肉的鲜香。

那样的时候，潘守富往往会与张兆和弄两盅。

潘守富酒量不大，但他好喝。有那么几回，张兆和举杯邀他饮酒时，潘守富埋头伏在桌边不动了——喝醉了。张兆和连声喊他举杯时，不经意间，察觉他眼窝里含有浑浊的泪。

刚开始，张兆和没有感觉出什么不妥，好酒的人，喝过酒会犯迷糊、打个瞌睡，眼窝里含些泪水，是正常的。

可后来，张兆和弄明白了，潘守富心里压着事呢。他膝下无子女，给祖上断了香火不说，还担心他们夫妻俩一天天老了，连个依靠也没有。

"我家儿子多，我回去抱一个来给你！"

这话，是酒桌上说的，还是酒后两人在小院篱笆墙那撒尿时说的，枣庄煤矿上来的潘守富记不清了，张兆和可能也当作是一句玩笑，都给忘到脑后去了。

事隔半年，张兆和他们那批"南下干部"在盐区建立起根据地以后，有一部分人继续"南下"，到滨海、涟水，或更远的南方去支援地方工作；有一部分人留在盐区，担任盐区各个部门的职务（这也正是"南下干部"的由来）；还有一部分人，像张兆和那样惦记家中婆娘与孩子，便回到原籍，支援家乡建设。

这期间，也就是张兆和回到原籍以后，果然给潘家抱来一个儿子。

当时，那个小男孩还不到三岁。

张兆和把他抱到潘家时，那孩子有些认生，一个劲儿地抱着张兆和的大腿，口口声声地喊着要回家。

张兆和一面跟儿子说："这就是家。"一面跟潘守富两口子说，"当个小猫小狗养着吧，过几天他就熟了。"

言外之意，别看孩子这会儿又哭又闹，喂养他几天，他就会像小猫小狗一样顺从、听话了。

但张兆和没有想到，当天他把儿子留在潘家后，那孩子哭哑了嗓子，还在那嘶哑着喉咙喊爸爸、要妈妈。哭到最后，那孩子拧着脖子直打战儿，女人心疼地抹起泪水，潘守富心里也是酸酸的。

当夜，那孩子发烧。潘守富两口子通宵守在孩子身旁。

第三天清晨，潘守富正想让跑山东的拉煤车捎个口信，让孩子的父母来安抚一下那个高烧不退的孩子。没料想，对方父母连夜赶来了。

原来，张兆和把儿子抱到盐区后，女人在家想儿子想得不行，非要来盐区这边看看。

这一看，那孩子寸步不离他的亲生父母，直至夜间将那孩子哄睡了，张兆和两口子才得以脱身。

后来，张兆和自己又来看过儿子一回。

再后来，张兆和夫妻俩就不再来了。

但，张兆和的女人想儿子！每当天气变化，或是家中有了什么稀罕物儿，女人总是在张兆和面前唠叨，唠叨她那儿子在盐区是否吃得饱、穿得暖，个子是否长高了，并让张兆和再到盐区去看看。

张兆和嘴上答应抽空再去盐区看看儿子。可他总是这事儿、那事儿推托着。其间，盐区那边也曾捎过口信来，说那孩子在盐区生活得很好之类的话。大概的意思，就是让张兆和两口子放心。

可盐区那边越是那样说，张兆和的女人越是牵挂那儿子。

有一天，张兆和的内弟来了，做姐姐的向弟弟诉苦，说他姐夫心狠，儿子送给人家几年了，都不去看一看。

张兆和先是埋头不语。随后，摸出酒瓶，与内弟喝酒。其间，内弟帮姐姐说了几句想念那个小外甥之类的话。张兆和仍然没有说啥。

回头，酒桌前就剩下内弟与姐夫两个人时，内弟嘀咕了一句，说："此地到盐区也不是太远，是该去那边看看。"

张兆和听内弟那样劝他，转身从炕角的洞洞里掏出几张硬纸片，递给内弟说，那是他去盐区的车票。

张兆和告诉内弟，他不是不想儿子。而是几次车票都买好了，他又改变了主意。张兆和说他思来想去，当初狠下心来，把儿子送给人家了，就别再去打扰人家了。

说那话时，张兆和眼窝里涌起了雾一样的泪花。随之，他端起酒碗，"吱啦——"一声，瞬间把酒碗抖起来，贴到了脸上。

拾
鱼

改　婚

谭淑芳的家在供销社后面。

那个时候，政府取消了私营经济，三五个小村，组建一家供销联社（又称供销社），卖油盐酱醋，也卖渔网蓑衣；卖建房子用的洋灰（石灰）、茅竹，也卖女人手上戴的顶针和绲鞋口的花丝线。还卖掺了水的劣质白酒，散装在一个大肚小口的乌釉坛子里，摆在柜台上面，专门眼馋那些好酒的男人。

新中国成立以后的供销联社，如同一个小集市。每天一开门，便人来人往，家家户户，吃的穿的用的，样样都离不开那儿。

供销社销售货物的同时，也收购鸡蛋、鸭蛋、虾皮、鱼干，以及拥有药用价值的车前草、长虫皮、狗奶子（枸杞粒）、姐儿猴外壳（蝉皮）等等。好多时候，女人们纳鞋绣花时，发现少了根绣花针，鸡窝里摸一只还很热乎的鸡蛋，拿到供销社便可以换来。乡里邮递员，斜背着一个帆布包，满头是汗地奔到供销社，就算是把信件送到千家万户了——前来购物、卖货物的乡邻，顺便就把柜台上的包裹、信件给带走了。

可以想象，那个时期的供销联社，是乡村货物的集散地，是乡民们娱乐的场所。大家不买东西时，也愿意凑到那里去玩耍。尤其是阴雨天，乡民们不好下田干活了，很自然地就会聚集到供销社来，相互间插科打诨地讲一些乡间笑话，也怪有趣。

盐区供销社里有一个售货员叫孙大胖，他不是盐区人。但他的家离盐区不是太远。他的真名叫什么，乡民们并不关心，只晓得他是公家人，吃着国家供应的白米、细面，脸盘子白白胖胖的，个条儿挺高爽，乡民们就叫他孙大胖。

那个时候，乡里的干部，包括乡邮员、售货员，兽医站里劁猪蛋的，都属于吃国库粮的公家人员。在乡民们眼中，他们高人一等，是很吃香的。好多年岁大的、长相丑的男人，只要能谋到一个吃国库粮的职位，都能在乡间娶到漂亮的媳妇。甚至，连他的家人也都跟着沾光。

孙大胖是有家室的。但他有个弟弟尚在部队服役。

孙大胖来到盐区以后，物色到供销社后面谭秃子家的闺女谭淑芳为人不错。那姑娘大眼睛，胳膊腿儿都很有劲儿。在生产队的"识字班"中，她是劳动能手。收麦子、割稻子时，大家一字排开，别人割五垄稻谷，她割六垄或七垄，还总是抢在别人前头。年底分红时，她戴大红花，喜获花毛巾和印有"劳动标兵"的白瓷缸子。

孙大胖想把谭淑芳介绍给他二弟做媳妇，便托了一个村干部，把他二弟（孙二胖）在部队当兵，并有可能留在部队提干的消息，转告给谭淑芳，问谭淑芳是否愿意与他二弟谈对象。

谭淑芳没说同意，也没说不同意，谭淑芳说要先看看人。

谭淑芳那话，应该是一个姑娘家，对婚姻的矜持与慎重。其实，换一个角度来思考，她谭淑芳能嫁到孙大胖他们大家庭去做媳妇，本身就很荣耀了。再加上媒人说孙二胖在部队将来还要提干，那就更好了。

孙大胖把谭淑芳的想法，写信告诉了孙二胖，让他在适当的时候回来一趟。

孙二胖很快回信，说他们部队正在整编中，暂时回不去。但他随信寄来一张半身照，二寸的，胖乎乎的大圆脸，斜着身子，歪在一个四面都是小锯齿的相片当中。

从照片上看，孙二胖的身条与孙大胖差不多，大高个儿，戴顶黄军帽，穿着带有红领章的黄军装，怪威武的。谭淑芳拿到那张照片以后，就没有再还给人家。显然，她是相中了孙二胖。

接下来，谭淑芳瞒着家人，跑到县城去照了一张上了彩的四寸大照片，悄悄地寄给了孙二胖。这以后，她还给孙二胖纳了鞋垫、绣了香包，寄过两回干虾皮和花生米。其间，她还把她内心的喜悦，透露给了她的闺密杨桂花。

杨桂花一手拿着孙二胖的照片很是入神地左右端详，一手抚摸到谭淑芳的大腿那儿，不轻不重地掐了一把，说："怎么好人都让你给遇上了呢！"

谭淑芳捂着腿，羞红着脸，笑得咯咯的。

转过年，春暖花开时，孙二胖写信来，说他不久将要回乡探亲。其实就是回来与谭淑芳相亲。

双方见面的地点，就选在供销社。

方式嘛，中间人帮助策划了一下——让谭淑芳装作去供销社买东西的样子，在柜台外面，向柜台里面东张张、西望望。而柜台里面的孙大胖与孙二胖，可以东一句、西一句地说些无关紧要的事儿。双方假装谁也不认识谁，不经意间，互相打量一下对方的身高呀，相貌呀，就可以了。

抬
鱼

谭淑芳感觉那样的方式好，不紧张。

可真到了要去相亲的当天，原本很会出风头的谭淑芳，忽而变得慌乱起来，以至于当天她该穿什么衣服，梳什么发型，怎样空甩着两手往供销社里行走，她都不知所措了。她让杨桂花陪她一起去，顺便帮她掌掌眼（参谋参谋那个人，到底是行，还是不行）。

杨桂花自然愿意陪同。

可出乎意料的是，当天相亲之后，孙大胖问二弟对方怎样时，孙二胖咂摸了半天嘴儿，说："和照片上的长相不一样呢！"言外之意，他没有看中谭淑芳，反而对陪同谭淑芳来的杨桂花产生了好感。

孙大胖略顿了一下，说："行呀，那我差人去问问杨桂花。"

杨桂花听到这个消息后，先是羞红了脸，随后自言自语地说："怎么会是这样子！"听口音，杨桂花没有拒绝孙二胖。

一桩婚事，就这样歪打正着地另谋其主了。

随后，杨桂花跟着孙二胖到部队上结了婚。

那以后的一段日子里，乡邻们都很羡慕杨桂花，都在猜测杨桂花可能不久就要随军——跟着孙二胖去做军官娘子。可谁也没有料到，半年以后，孙二胖却复员回乡了。

复员回乡的孙二胖，很快就与群众打成一片。当年冬季上河工（修海堤）时，孙二胖被编到民工队伍中，并驻扎到谭淑芳他们小村里。

当时，谭淑芳还没有婚嫁，她得知孙二胖也来修海堤时，心中无比畅快！她选在一天中午下工时，假装在村口的井台上洗衣服，刚好堵上在工地上放炮炸石头弄得满身泥灰的孙二胖，问他："你也来修海堤呀？"言外之意，好你个孙二胖，你不是要在部队提干吗，怎么也两腿插进泥沟里，来修海堤了呢。

孙二胖明知道对方那是挖苦他，脸一红，低头绕到一边走了。

应该说，谭淑芳那一番挖苦孙二胖，已经很解气了！可接下来，更令谭淑芳解气的事又来了——孙二胖在一次排除哑炮中被炸身亡。

已经是孩子妈的杨桂花，抱着儿子来哭丧时，谭淑芳也挤在人群中抹了泪水。但她并没有靠近杨桂花。那个时候，她们俩早已经断了来往。

后来，也就是孙二胖的墓碑在海堤上立起时，谭淑芳选在一天傍黑，独自前去祭奠了。小村里，两个黑夜照蟹的人撞见了，谭淑芳也没有避讳，她就那么单腿跪在孙二胖的墓碑前，一张一张地烧着火纸（冥币），口中还絮絮叨叨地说了些什么。那两个照蟹的人，与她隔着一小段距离，听不到她口中絮叨什么，只见她跟前那团跳跃的火苗子，在黑暗中映照在她脸上，忽闪，忽闪。

抬鱼

老 汤

王绪德是个厨子。

早年间，他在地主张康家做饭，跟后厨一个淘米、择菜的俏婆子好上了。他屋里的婆娘知道以后，一气之下，自个儿上吊死了。那件事，应该说把王绪德的名声弄得很不好。以至于后来，他想续弦，好多女人都觉得他是那样的人，不去挨他。

不过，王绪德那人做饭还是挺好的。他在张康家做厨子时，能把张康家那么一大家子人的口味都给调当好。老爷、太太喜吃软的、清淡的，少奶奶、大公子要吃油头足的肉块儿、鱼段儿，王绪德都有办法让他们吃出欢喜来。张康家的小少爷不吃辣椒。可海边人做鱼时，必须用红辣椒来炝锅，外加葱、姜、蒜、花椒、大料所爆开的热油汆汤方可除去鱼腥味儿。小少爷眼睛尖，一看到烧好的鱼段中放了红彤彤的辣椒，他立马就会把小手中的筷子给扔到桌子上，嘟嚷起喇叭花一样的小嘴巴，连声嚷嚷："有辣椒，有辣椒。我不吃！我不吃！"

王绪德考虑到张家老少几代人的口味，再做鱼时，干脆就在红辣椒上扎上密密麻麻的针眼儿，将其放进"咕嘟嘟"的鱼锅中，待它的辣味在鱼汤中完全释放出来以后，就用手把那蒸煮得红塌塌的辣椒皮从鱼锅里捞出来扔掉。

那样，小少爷看不到盘中有辣椒，他也就不再叫唤那鱼是辣

的了。小孩子嘛，眼睛看不到的，他就认为是不存在的。

这件事，王绪德挂在嘴边讲了不少年。

后来，盐区这边解放了，地主张康一家完蛋了。王绪德便在乡间红白事上掌大勺——做大厨。

吃过王绪德做的饭菜的人，都说他烧出来的饭菜味道好。跟在他身边剁肉、洗菜、打下手的人，都知道王绪德烧菜，离不开一勺老汤。

其实，王绪德那是糊弄人的。王绪德到人家里去做事（掌大勺）时，每回都要自带一个狗头大的小瓷罐。那小瓷罐上方，有一个乌釉发亮、四眼相通的小盖儿。王绪德说那里面装着他自己调制好的老汤（类似于当今的味精）。每道菜要出锅时，他都要从那小瓷罐里舀一点儿老汤浇在菜里来提鲜。

外人不懂他那老汤是怎么配制的，可与他搭档的支客，心里跟明镜似的（心里明白）。

支客，就是户主家找来掂量买菜、待客的司仪。他与大厨是一种互相协作的关系。支客在分配主人家烟卷时，往往会多塞一包给大厨。大厨呢，等晚间客人们都打发走了，他会切一点儿拱嘴（猪嘴唇），留一点儿海蜇皮与支客围在锅台边喝两盅，招惹得附近几条街上的狗，都嗅着味道，跑到他们俩跟前打转儿。

盐区这边，一般人家办丧事或婚事，大都要提前一天或两三天，把支客和掌勺的大厨子叫去商量购菜、待客的事。同时，还要掂量着在户主家的院子里，支起一溜儿锅台——搭起一个简易的临时厨房。

支锅台时，当地人讲究一个单数儿。可以支一口锅、三口锅或五口锅。不能支两口锅、四口锅。这道理源于夫妻间"一个锅里摸勺子"。大概的意思，是讲究一家人团团圆圆地生活在一起。若是支两口锅或四口锅，那样将意味着各吃各的，不吉利。可有的小户人家办丧事或婚事，支两口锅（一个锅里蒸饭，一个锅里熬菜）也就凑合啦，没有必要真去拉开架势，支上三口锅或五口锅。遇到那样的人家，王绪德往往会把他自家的一口小耳锅拎来，在头锅和二锅的烟道口那儿，挖一个脸盆大的"烟灶"，将那口小耳锅支在那儿，里面可以温菜，也可以用来烧水，最为关键的是，那样可以表示主人家启用了三口锅呢。

一般在支锅台时候，支客先要问一下主家有多少客人，需要办一个什么样的场子——鱼肉垫碗底,还是用白菜、豆腐来待客？王绪德听支客与主家谈论那些时，他心里盘算的却是那肉鱼该剁成多大的块儿，才能均匀地盛到每一个碗里。时而，他也会咂摸一下嘴儿，似乎是说，主家报出那么多的客人，却计划买来那么一点儿肉鱼，只怕是不够盛呀！

但那话，王绪德一般不会说出口。他知道，但凡是碗里盛不上多少荤菜的人家，都是家里很穷困的。那样的时候，他心里就会帮助主家思量，是用白菜、萝卜垫碗底儿，还是用肉汤滚过的粉条子来垫碗底儿。

末了，等支客与户主把待客的荤菜、素菜都商定好了以后，王绪德总是会跟支客说："再称两斤小白虾吧！"

王绪德所说的"小白虾"，盐区四季都有。

那种虾，个头不大，头尾对接着圈成一团，也不过就是成年人的指甲盖那样大。但它的味道非常鲜美，尤其是它的汤汁，奇鲜。

王绪德要买它，是想用它来调制老汤。他把那小白虾捣烂，稍加清水，煮出清香的鲜汤后，再用大油（猪油）炝锅，葱、姜、蒜爆香热油以后，倒入之前渳出来的虾汤，加盐，调制成鲜香的盐卤。然后，小心翼翼地将那鲜香的盐卤，装进他那个小瓷罐里，等热菜出锅前，浇上一点，那菜的味道瞬间就不一样了。

有人说王绪德那瓷罐里装的是老汤，这也是有道理的。譬如他头一天在一户人家做事，想到第二天或是第三天，还要到另外一户相对穷困的人家去做事时，他在调制汤卤时，干脆就多熬制一些，带到下一家去，为那户人家节省一点儿开销。不过，那样的时候，他那瓷罐中也会藏一些肉块、鱼段儿带回家自己享用呢。

王绪德作为掌勺的大厨子，他以老汤的名义，带来那个小瓷罐和带走那个小瓷罐（藏点肉鱼在里面），又有谁会去跟他计较呢。大家只觉得他装老汤的那个小瓷罐还有他手中那两把亮闪闪的刀具怪神秘呢。

王绪德使用的刀具，包括他手中带眼的勺子（漏勺），以及他叉肉、挑鸡时所用的那把鸭嘴样的小铁叉子，都是他自己带来的。他的刀具很快（锋利），向来都是东街乔锁匠帮他磨的。

盐区这地方，杀猪、宰羊的屠户，大都会劁小猪（摘猪蛋）、摘"羊凹腰"（羊蛋）；扎纸把子（纸人纸马）的篾匠，个个都会帮着吹鼓手们打大鼓、敲小锣子。而东街的乔锁匠，原本就是个修锁配钥匙、鼓弄手电筒的，可他偏偏还会磨剪子、抢菜刀。

王绪德每回去找乔锁匠抢菜刀，他都要揣两包上好的香烟给乔锁匠。乔锁匠从不当着王绪德的面儿给他抢刀。有时，王绪德来抢刀，恰逢乔锁匠闲着没事，两人便扯一些闲话，直等到王绪德起身走了以后，乔锁匠再把那磨刀石翻过来，给王绪德磨他那两把硬度极高的刀。这里面的道理，说破了也很简单，如果用磨刀石的正面（带"马鞍腰"）来磨王绪德那两把宽大的刀，磨着磨着，刀口的刃子就磨卷了。只有放平了磨刀石，才能磨好他那两把较为宽大的刀。这也是乔锁匠自个儿摸索出来的经验。

可这一天，王绪德再来磨刀时，他好像要等着乔锁匠给他当面磨好呢，他与乔锁匠闲扯了半天也不肯离去。末了，王绪德好像忽然间想起什么事似的，问乔锁匠："大得子妈呢？"

乔锁匠略顿一下，说："去西巷三华家了。"

大得子，是乔锁匠的儿子。人们称呼乔锁匠的婆娘，都是叫"大得子妈"。

王绪德问："她多久能回来？"

乔锁匠"嘛"了一声，问王绪德："你有事呀？"

王绪德磨叽了一下，说他前些天，在西庄一户人家做事（掌大勺），看到那户人家的男人死后，撇下个俊巴巴的小媳妇，他想托大得子妈去帮他说和一下看看。

在这之前，王绪德早已经打听到大得子妈的娘家是西庄的。

乔锁匠疑惑地问王绪德："你觉得行吗？"

王绪德说："叫大得子妈去跟人家好好说看看。"

说那话的时候，王绪德又从怀里掏出三五包上好的香烟塞给乔锁匠。

乔锁匠嘴上说："有啦有啦！"可他看到王绪德这回掏出来的香烟，都是带牌子的好烟，便说，"回头，大得子妈回来，我让她去给你好好说看看。"

王绪德满心欢喜地回去了。

过了两天，王绪德来取刀具时问结果。

没料想，大得子妈给他的回话是，人家那小寡妇不愿意跟他一个做饭的厨子。当然，大得子妈的原话，不是那样说的，可意思就是那个意思，弄得王绪德碰了一鼻子灰。

可时隔不久，王绪德不知从哪里打听来实情，说是大得子妈当初去帮助他撮合那件事情时，不但没有说他王绪德半句好话，反而把他过去的一些老底都给翻弄出来了——坏了王绪德的好事。

原因是，大得子妈自个儿的作风不是太好（外面有人），她担心娘家那边的那个小寡妇若是嫁给了王绪德，以后她在这边的一些不好的传闻，没准就会传到她娘家那边去，那样可就不好了。

但大得子妈没有料到的是，王绪德那人是个小心眼子，她没有把他想的那件事情给他办成，他竟然再也不到他们家来找老乔磨了。

抬　鱼

暑假里，我去姨家，路过舅家。裹和着舅家的小表哥跟我一起去。

姨家在海边一个叫"海头"的小镇上。姨父是个木匠，他耳郭那儿夹支扁圆的红蓝铅笔，整天在家"乒乒乓乓"地打板凳、箍木桶、剜木勺子、木碗等船上用具。姨父有个弟弟上船（船员），姨叫他大嘴，我和小表哥当面叫他表叔，背后也叫大嘴。有时，还把大嘴、表叔连起来一块叫上。

我和小表哥去姨家的当天，大嘴从船上偷来勾鱼和对虾。对虾，就是两只共一斤的大虾，海边人习惯把那样大的虾，称为对虾。勾鱼是因为它的嘴巴长长尖尖的，还勾着，海边人便根据它的长相，叫它勾鱼。其实，它的学名叫鳗鱼，又因为是海上捕捞上来的，通常称为海鳗鱼，或简称海鳗，它如黄鳝一样，长长的，肉滚滚的。大嘴表叔把它缠在胳膊上，绑在裤腰上，从船上偷回家。

船上偷鱼、抓虾，如同小孩子偷瓜抓枣一样，自古以来，都不以贼来论处。反而觉得船东家发了鱼虾财（船员们给他捕获来的），大家伙儿藏藏掖掖地带一点儿回家，老婆孩子喜气洋洋地吃下肚，还挺喜庆的！

大嘴表叔上船那会儿，是大集体。他在渔业队的船上偷来鱼虾，如同农户在生产队的场院里，抓把花生果儿香香嘴是一样的，大家都觉得那没有什么的。

我和小表哥去的当天，大嘴表叔从船上不仅偷来了勾鱼、对虾，还偷来腿脚都被他掰掉的大螃蟹。那螃蟹若是带上爪子便不好往裤兜里装。所以，大嘴表叔偷那螃蟹时，先把它们的腿脚给卸掉。

当晚，我和小表哥吃过鱼虾，啃过螃蟹，姨父蛊惑我和小表哥去他家水沟对面的农田里拎土。

姨家的房子，建在村头的海滩地上，院子里种了几畦菠菜、韭菜，只因为土质里碱性大，菜畦子里起了盐硝，几畦韭菜、菠菜都蔫叽叽地没有长好。姨父让我和小表哥去小河对面的农田里弄些大田土来，改良一下他家院子里的小菜地。

姨父说，他是大人，不好意思去那农田里挑土。其实就是偷土。他让我和小表哥在晚饭以后，如同挖土玩一样，去弄一些可以种菜的农田土来。姨父还让我们到远一点地方去拎土，别离他们家太近了，让人看出来是他们家挖走的土。

小表哥比我个头高，劲也大，姨父给我们俩一人弄了一个篮球大的小竹篮子，原本是让我们俩一人一个篮子往回拎土的，可到了小河对面的农田以后，小表哥却让我一个人装土，他双手叉在腰间，跟个小大人似的给我放哨。

回头，我把两只篮子装满土以后，小表哥没让我拎土，他一手一只小竹篮子，拎起来就走了。印象中，当晚小表哥一个人来回拎了十几趟土。后来，小表哥累了，想让我帮他拎几趟，姨父却说："可以啦，先拎那些吧。"姨父还说，等以后我和小表哥再来时，把他们家门前的小水汪子也拎些土来填一填。

第二天午后，我和小表哥要走时，姨给我们俩拾掇了一些干海带、虾皮子装在一个布袋子里，让我和小表哥如同抬着玩一样，抬到舅家去。其中，有一个圆圆的鱼干，像口小锅盖那样大，姨想把那鱼干装进布袋里，让我和小表哥一起抬上，可那鱼干太大了，姨试了几次没有装进布袋里，姨怕把那布袋给撑破了，便没有硬往布袋里装，找了根绳索，拴住那鱼干的尾巴，让我和小表哥与那个装有虾皮、海带的布袋并在一块，一起抬上。

姨说，那鱼干是大嘴在船上晒至半干以后，扣在肚皮上，装作"大肚汉"的样子，从船上偷回来的。

我和小表哥都乐。

小表哥还说："那不成猪八戒了吗？"

小表哥比我大三岁多一点。我们一起去姨家那年，我九岁，小表哥虚岁十三了。所以，他的劲头比我大，懂的知识也比我多，我在他面前，简直就像个小傻子。但小表哥对我挺好的，姨父让我们俩去拎土，他却一手一只篮子，等于把我的土也给拎上了。此番，姨让我们俩抬鱼干、抬虾皮，他个头高，小竹扁担一搭上我们俩的肩膀，他就把货物往他那一头揽。

姨说，那鱼干是给我舅老爷下酒的，虾皮和海带她都给我们分好了。

我和小表哥不管那些，午间在姨家吃过饭，便抬上姨给我们收拾好的布袋和那个大小如黄铜锣一样的大鱼干，一路说着笑话、讲着吓人的鬼故事往舅家去。

途中，我们沿着盐河大堤往上游走时，两个人不断地走走停

停玩玩。

那段盐河，又叫龙王河，是一条通海河，上游有个小村叫龙王庙。潮汐涌来时，横冲直撞至龙王庙的村口时，要拐一个牛角弯。龙王庙那个小村，就团在那湾牛角弯里。想必，当初那里是有一座庙呢。可我的记忆中，没有见过河湾里的庙宇，只记得奔突而来的潮汐，急匆匆地赶到龙王庙的村口时，慢慢也就平息了。人们在村口那儿设有一处渡口，我和小表哥沿着河堤往上游走，就是奔着那渡口去的。过了渡口，穿过龙王庙的小街，就到了舅舅家的那个小村。

可当天，我和小表哥抬着鱼干走在河堤上，看到人们在河里打鱼，我们俩就停下来观望一阵子，尤其是看到打鱼人网到活蹦乱跳的鱼虾，鱼虾把渔网都鼓跳起来时，我和小表哥比那打鱼的人还兴奋。其间，我们还趴在河堤的沙土堆上玩了一会儿沙土。赶到天快黑时，我们才到渡口去乘船。

可我们的脚板一踏上渡口的小船，小表哥突然惊呼一声，问我："我们的鱼干呢？"

我往船上一看，船上只有我们放在甲板上的竹竿和布袋儿，那个像黄铜锣一样的大鱼干，被我们俩给弄丢了。

我说："回去找？"

小表哥说："这么大半天了，往哪里去找。"

小表哥所说的那么大半天，是指我们趴在河堤上玩沙土已经过去了大半天。也就是说，根据小表哥的推断，那鱼干就在我们俩玩沙土时，丢在河堤上了。而那河堤原本就是条人来人往的大路。那样好的鱼干，人见人爱，一旦丢失，又往哪里去找呢。

抬
鱼

当然，就在我和小表哥为那只鱼干的丢失而懊恼时，船上的艄公已经"哗咣！哗咣！"地把我们划到对岸去了。我和小表哥只能无望又无奈地往舅家去了。

一进舅家，小表哥就喊着我的小名，说我把一个大鱼干给弄丢了。

我一愣神儿，正在思量：那鱼干怎么是我弄丢的呢，不是我们两个人抬丢的吗？

小表哥却很快给出了理由，说我是走在后头的。那意思就是说，我们俩抬着鱼干赶路时，鱼干掉了，他走在前头是不知道的。而我走在后面，丢掉鱼干的责任，自然就全在我身上呗。

那一刻，我被小表哥的话给弄蒙了！甚至觉得那鱼干的丢失，确实是我的过错。因为，从渡船上下来以后，我们俩再抬着布袋往舅家走时，小表哥确实是走在我前面的。

当晚，因为丢了鱼干，又因为丢失那鱼干的责任全在于我，晚饭桌上，我没吃几口饭，便早早地爬上床睡了。

后来，等舅舅过来给我掖被角时，我委屈地哭了！但那时刻，我脸朝里墙，舅舅可能没有看到我脸上的泪水。

半夜里，我隐隐约约地听舅舅数落小表哥："你个头比你表弟高，抬鱼干时，你让你表弟走在后头干什么？"

小表哥沉默着没有回话。

可那时，我清楚地记起来，抬鱼干时，小表哥是走在后头的，只是乘船以后，也就是我们发现鱼干丢失了，小表哥才主动换到前头去。但那话，我没有对舅舅说，也没有与小表哥去辩解。丢失鱼干的那口黑锅，就凭小表哥那样一说，完全就扣在我身上了。

以至于，多年以后，我再与小表哥（成年以后，我改口叫小表哥为大表哥）提起当年我们一起抬鱼干的那件事时，大表哥也只是尴尬地笑笑，不再跟我说什么。

抬
鱼

合 伙

沟河里打鱼，我哥哥算是可以的了。他会撒旋网、下滚钩，还会踩着水儿，把渔网子从小河这岸扯拽到小河的那岸去。

后秋，天气凉了，不能下到冰冷的河水里摆布渔网时，我哥哥便找一根长长的线绳，系上一块鹅蛋样大的石头，猛一下扔到小河对岸的草丛中。然后，他再到对岸去找那块石头，扯动线绳，顺带着就把渔网子也给扯到小河对岸去了。

那样的时候，整条河都被渔网子给拦腰截住了。河中的鱼再想来回窜动，不明不白地就被"挂"到网上了。当然，其间，我哥哥会从小河的上游往下游赶鱼。他不停地往水中扔石块、土坷垃，有时他还用树枝"叭叭叭"地猛击水面，故意制造出声响，以便荡起河面上一层一层的波浪。

好多时候，我哥哥到村东盐河汊子里捉鱼时，他都要喊上我。让我帮他扯渔网的同时，还让我在小河对岸折一根树枝，与他一起击打水面儿。

我那时正在读高中，顾不上帮我哥哥逮鱼。但我本家一个叫"上"的小叔看我哥哥逮鱼需要帮手，他便跟我哥哥说："裕阁，咱爷俩合伙逮鱼怎样？"

裕阁是我哥哥的学名。

我那个小叔比我哥哥小几岁。在我们老家，向来都有小叔不压大俭之说。他喊我哥哥的学名，不叫我哥哥小名，是对我哥哥的尊重。

我哥哥对那个小叔也很尊重，他跟我哥哥提出来要合伙逮鱼时，我哥哥连想都没想，一口就答应了。

接下来，小上叔叔从他姐夫那儿弄来一艘小舢板，盐区本地叫"瓢瓜子"，前后仅能容纳两个人。小上叔叔与我哥哥正好一前一后坐在里头。他们俩，一个在前面"哗——吮！哗——吮！"地划水，一个在后头"吱——棱！吱——棱！"地扯动渔网子。只可惜，我那个小上叔叔只会划船，他不会摆布渔网子，更不会收渔网子。所以，他要跟我哥哥合伙。

我哥哥说："行呀，改天我再逮鱼时喊上你。"

我哥哥说改天逮鱼时喊上他，可能也就是随便说说的，或者说哪天逮鱼时喊上他一起，爷俩可以互相帮衬。但我哥哥没有想到，小上叔叔是想借我哥哥的渔网子，他出舢板船，两人捉到鱼虾以后平分。

我哥哥说："行呀！"

但我哥哥并没有想到，小上叔叔是先看上了我哥哥的渔网子，甚至是瞄上我哥哥有逮鱼的本事，他才去海边跑船的姐夫那儿，弄来艘小舢板子。

当时，我哥哥在县城化肥厂上班，他只能星期天或是下了大夜班回家休息时，才能与小上叔叔去逮鱼。

刚开始，小上叔叔只管坐在船头"哗——吮！哗——吮！"地划水，我哥哥坐在船尾"吱——棱！吱——棱"地扯动他手中亮闪闪的渔网子。

后期，小上叔叔说："裕阁，你来划船，让我也弄两下子。"

小上叔叔说的他要"弄两下子"，是指他要跟我哥哥换换手——他想去理渔网子，让我哥哥划船。

我哥哥愣一下，问他："你会吗？"

小上叔叔说："那有什么难的，你教教我不就会了吗？"

我哥哥想想，也是那个理儿。于是，我哥哥便放慢了理网的速度，一下一下，摆弄给小上叔叔看。

回头，临到小上叔叔去理渔网子时，我哥哥还教他：收网的时候，不管渔网子上是否挂到鱼，都要一下一下把网纲穿到手中的滑竿上来。否则，下一回再下网子时，就不那么顺溜了。当然，如果渔网上挂到了大鱼，怕它挣脱了网扣逃跑掉，也可以连网抱。

我哥哥说的"连网抱"，就是顾鱼不顾网。能捉到大鱼，本身就是件令人兴奋的事，连网抱到船上，先保证网到的大鱼，不能让它再逃掉。至于渔网子嘛，破了可以修补的。我哥哥自己就会修补渔网子。

海边的男人，但凡是会耍网的（会逮鱼的），大都会修补渔网子。但小上叔叔不会。小上叔叔家里一直都是种地的，他是看到我哥哥逮鱼，或者说看我哥哥有那么多条长短不一的渔网子，他才想起弄艘小舢板来，跟我哥哥合伙儿。

不过，小上叔叔学得很快。以至于，我哥哥到县城去上班时，他也能拿上我哥哥的渔网子，到村庄周边的河沟里去逮鱼。

当时，我哥哥有七八条挂丝网和旋网子，这在 20 世纪 70 年代中期，人们吃饭穿衣还很困难的年代，已经是一笔不小的财富了。应该说，我哥哥在化肥厂上班的头两年所挣到的工资，除了他自己买了辆"飞鸽"（自行车）外，剩余的钱全让他添置了各种网眼的渔网子了。

小上叔叔拿上我哥哥的渔网子，逮到鱼以后，他会送一些给我们家。也就是说，那段时间，我哥哥虽然不能天天都在家逮鱼，但我们家天天都有鱼吃。当然，那期间，小上叔叔把我哥哥的渔网子扯坏了很多。他刚上手逮鱼时，不太会使用渔网子，尤其是逮到大鱼时，他总是生拉硬拽，不知道顺着鱼鳞、鱼翅往后滑网扣儿，我哥哥有好几条大网，都被他扯出了一个一个大窟窿。我哥哥挺心疼的。但我哥哥嘴上还是说："没事没事。"

回头，我哥哥一个人修补那些能插进成年人手掌的网"洞洞"时，似乎是猜到小上叔叔逮到了不少大鱼。可他往我们家来送鱼时，似乎都是些小窜鲢子，或是几条不起眼的鱼瓜子。

我哥哥表面上好像没在意那些，但他叮嘱小上叔叔，摘大鱼时，尽量要小心一些，不要把网都扯断了。我哥哥甚至还用略带埋怨的口气说："老是补网子，怪费事的。"

我哥哥那话里的意思，一方面是让他保护好渔网子，另一方面是说，渔网子都让大鱼给缠破了，你逮到的大鱼呢，我们家怎么没见到一条？

后来，也就是小上叔叔往我们送鱼的次数和数量越来越少，以至于他媳妇在集市上卖鱼，被我哥哥看到过几回以后，我哥哥便以没空补渔网子为由，不想再与他合伙了，弄得小上叔叔还挺不高兴的。

好在，时隔不久，小上叔叔自己也购置了几条渔网子，他与

抬
鱼

我哥哥各逮各的鱼，谁也不跟谁啰唆什么了。

我那时候已经考上大学，到北京读书去了，我不了解我哥哥与小上叔叔那些杂七杂八的事儿。

转年暑假，我在家闲着没事时，摸过我哥哥挂在门后的渔网了，独自到村东小盐河口那边去逮鱼，无意中捉到了两条"红眼叉"。

那种红眼叉儿鱼，在海水与淡水中都能生存，挺稀有的。每年只在夏秋之交，洄游到盐河口的淡水中来抛子。属于时令鱼（季节性很强的鱼），土称"红眼叉"。原因是它的眼圈红红的，尾巴很宽大。它在水中游动的速度很快，专吃小鱼小虾，肉质紧实、鲜美，是蒜瓣儿肉，炖汤时，汤汁很厚，呈奶白色，还自带油花，可香。它的肚皮煞白，脊背为深褐色，趴在水草中不动时，人们很难发现它。

我意外地捕捉到那样两条大白萝卜一样的"红眼叉"，喜滋滋地拎在手上往家走。

村口，遇上了小上叔叔，他问我："在哪逮到了'红眼叉'？"

我很得意地说："村东，小盐河口那儿。"

小上叔叔笑笑，没有说啥。但我能感觉到，他脸上的表情是很羡慕我的。

回头，我把那两条一路拧动尾巴的"红眼叉"拎到家，我哥哥正好从县城回来了。他先是自言自语地嘀咕了一句说："时鱼来了！"

我哥哥懂鱼汛。他说的时鱼，就是指那一年一度来抛子的"红眼叉"。

当下，我哥哥连上班的工作服都没有脱，提上渔网，扯上我就往村东小盐河口那边赶。快到河边时，我哥哥突然停下来，问我："你捉到'红眼叉'时，告诉过别人没有？"

我说："没有。"说完，我又想起小上叔叔在村口遇见我，便改口说，"我告诉了小上叔叔。"

我哥哥脸色一沉，很是生气的样子，说我："你告诉他干什么？"

我正犯疑惑时，忽而看到前面不远处的河面上，小上叔叔与那个我要喊她小婶娘的女人，正在那儿一个划船，一个理渔网子。

抬
鱼

钟　声

大兵子的叔叔在北京当兵。

大兵子小的时候，跟着爷爷到叔叔那里去过。叔叔他们的部队，不在北京城内，而是驻扎在距离北京还有好几百里的一个深山沟里。叔叔他们是铁道兵——架桥铺路开山洞的。

大兵子跟着爷爷到叔叔那里去的那年，叔叔他们正在北京通往山西的一座大山内开凿山洞。按照部队当时的规定，义务兵服役三年以后，可以回乡探亲，也可以写信让家乡的父母到部队来免费吃住一个月，来去路费部队里给解决。不过，父母双方若是都去的话，只给报销一个人的路费。相当于战士独自回乡探亲的开销。

那个时候的义务兵，不像现在这样服役两年就可以复员。当时的义务兵，是五年的服役期。所以，大兵子的叔叔当兵至第三个年头时，爷爷便领上大兵子去了部队。

当时，大兵子的爷爷才五十几岁，身体可硬朗呢，一路上牵着大兵子的小手，上汽车、赶火车，走得很欢。遇到过检票口的时候，爷爷往往会轻拍一下大兵子的肩膀，暗示他把腿弯一弯，往下蹲一点儿。那是在家时，反复跟大兵子交代过的。

大兵子当时已经长至一米多了，快接近买半票的高度了。在家时，爷爷把大兵子的身高量了又量，感觉二二乎乎的，但最终还

钟声 2024.3月 姚建伟

是把他这个"小尾巴"给带上了。爷爷当年可有力气的，赶到上车下车旅客拥挤时，他就把大兵子扛在肩上，或者是抱在怀里。哪像现在，爷爷都已经埋到后岭的土里了。

当年，大兵子跟着爷爷在叔叔那里过了满满的一个月。叔叔他们整天喝苞米糊糊、吃窝窝头，偶尔也吃猪肉炖粉条子、白米饭。大兵子还记得叔叔他们挖山洞时，整天在山洞里面放炮炸石头。然后，就有一辆长长的小火车，拖着几十个车斗斗，"呜嘟嘟"地钻进山洞内，把里面已经炸碎了的石块儿，一车斗、一车斗地给拉出来。

大兵子很想坐上那小火车，到山洞里面去看看。可爷爷不让，叔叔也不让大兵子和爷爷靠近山洞口。说山洞里面不安全。后来，山洞里还真是发生了落石伤人的事件呢。

大兵还记得，山洞里落石头的那天傍晚，叔叔他们军营外面，列队走过来一群外地的学生，他们个个手中挥动着鲜红的小本子，齐声高唱：

解放军军营

是所革命大学校

五星红旗举得高

战斗队、工作队

敢把重担肩上挑

他们唱着响亮的歌儿，好像给解放军叔叔们鼓劲一样，向着更为悠远的深山走去。

当时，天都快要黑了。大兵子看着他们远去的背影，心里面一直都在想，那些走进深山里的大哥哥、大姐姐，夜间该在哪里吃饭？该在哪里睡觉呢？

那一年，大兵子刚好六岁到七岁之间。

再后来，大兵子叔叔那批兵就地转业了。也就是说，大兵子的叔叔脱下军装以后，没有复员回到苏北盐区老家，而是留在北京那边的铁路上工作了。当然不是留在北京城内的火车站上班，依然是安排他们在离北京很远的大山深处，维护某一段的铁路路基。

但大兵子家里人对外人说起大兵子的叔叔时，总是说大兵子的叔叔在北京工作。可写在信封上的地址，是北京铁路局下面的某某工务段。

那个"工务段"，可能就是大兵子叔叔工作的地点，或者是指他们每天要维护、看管的那一段铁路的路基与轨道。具体是不是那样的，大兵子老家这边的乡邻就不太清楚了。因为，时隔不久，大兵子叔叔他们一家，把户口都迁走了。

前些年，大兵子的爷爷奶奶在世时，叔叔他们一家，每逢春节，或是春节过后的那几天，总是会有人回来。尤其是大兵子的叔叔，他有铁路工人的"乘车本"，时而搭乘某一趟南下的火车，连夜赶回家，给父母送一些食物与用物，在家过上一两天，很快又跟上火车走了。

后来，大兵子的爷爷奶奶相继过世后，大兵子的叔叔也就很少回来了。

大兵子的叔叔是铁路上的普通工人。年轻时，他在铁路上轮

拾
鱼

流白班夜班，很忙的。后期，子女大了，又忙孩子读书，忙活一家人的吃穿，家中老人过世以后，他基本上就不怎么回来了，这也是可以理解的。

可前些年，大兵子的叔叔退休后，他又想回来了。他先是给大兵子写信，问老家的祖宅还能不能住，主要是问漏不漏雨。

大兵子一看叔叔那书信，就知道叔叔想回老家，便写信给叔叔，说家里的房子多的是，只要叔叔想回来，有的是房子给他住。

大兵子在信上没好说，当年爷爷留下的那两间土坯房，早就被夏季的雨水给泡倒了。而今，大兵子就地建起了"两上两下"的小洋楼。上下有十几间宽敞的大房间，叔叔若是回来了，随便他住哪一间都行。

还好，叔叔与大兵子前后沟通了几封书信以后，便赶在那一年清明祭祖时，大包小包地回来了。

但此时的叔叔，已经不是当年意气风发的军人风采了，俨然是"少小离家老大回"的垂暮老人模样。大兵子给他在楼上一间采光较好的房间内铺好了被褥，他竟然指着楼下一间连通灶间的耳房，跟大兵子说："你把那土炕给我收拾出来，我睡那儿就行。"

叔叔说，前些年他来回跑在铁路轨道的枕木上，把膝盖给伤着了，上楼下楼时不是那么方便呢。

大兵子依了叔叔。

但大兵子一边帮叔叔收拾"耳房"时，一边跟叔叔说，这房间的窗户守着街口，街面上一早一晚会有行人和车辆经过，可能会影响到他休息。

叔叔说："没事！"

叔叔说，他这大半辈子都住在铁路边上，山洪海啸都不会影响他休息。

但叔叔没有想到，第二天天没亮，他还是被一阵刺耳的响声惊醒了。叔叔披衣下床，问大兵子，那"铛铛铛"的声响是干什么的？

大兵子知道叔叔说的是附近一所小学校的铃铛。其中，"铛铛铛"连续三声是到校铃。双击两声，即"铛铛！铛铛！"，是"上课"或"下课"的声响。

那"铃语"，小村里每一个读过书的人，都是知道的。

可大兵子的叔叔总觉得那铃声有些熟悉。吃过早饭，他如同转着玩一样，有意无意地转到村小学那边。一看那铃铛，老人顿时两眼放光！

原来，那"铃铛"是他们铁路上用过的一段废弃的钢轨，眼下已被打上孔儿，用一串铁环，吊挂在校园内的一棵老槐上。难怪老人听到那声响时，会觉得熟悉悦耳。那可是伴随了他几十年的响声呢。

老人没有想到，在他的家乡，一个尚不通火车的小村里，还能见到与他打了半辈子交道的物件儿。他情不自禁地走到那"吊铃"跟前，伸手摸了又摸。那种感觉，有点像前些年他在远离故乡的铁路上，猛然间听到乡音一样亲切。

拾
鱼

信　物

　　大兵子读小学二年级的那年冬天，大队戏班子里的秦香怡，选在一天傍晚，也就是村小学放晚学的时候喊住了他。

　　那天晚上，秦香怡他们戏班子有演出。好多人正挤在村小学的一间教室内"抹花脸"。秦香怡从那么多小孩中认出了大兵子，打老远冲着大兵子招手，示意他过来。

　　大兵子左右张望，不知道那么漂亮的秦香怡在招呼谁呢。秦香怡却偏偏指着他大兵子，说："就你就你，过来过来。"

　　大兵子不知道秦香怡喊他要干什么，但他很喜欢到她跟前去。

　　秦香怡长得好看，身材也好，很苗条。戏班子里排练《红灯记》时，她扮演李铁梅；排练《白毛女》时，她扮演那个逃往深山里的喜儿。

　　小村里大人小孩子都认识她。但她并不能把村上的小孩子都分辨出来谁是谁家的。譬如说大兵子，秦香怡喊住他的时候，还疑惑地问他："你叔叔是不是叫胡正刚？"

　　大兵子说："是呀！"

　　大兵子还反过来问秦香怡："你找我叔叔干什么？他现在在北京。"其实，大兵子的叔叔哪里在什么北京。大兵子的叔叔是铁道兵，他服役的那个地方，离北京城还有好几百里路呢。

　　秦香怡不了解那些。她把大兵子扯到一边，从一个印着"为人民服务"的帆布包里，拿出一件报纸包裹着的物件儿，对大兵子说："这个，是你叔叔让我带给你的，你拿回家去吧。"

说完，秦香怡披件黄大衣，闪出满身的香香，转身回到她的"化妆室"去了。

大兵子接过那个纸包，打开来一看，呀！是一个铁牌牌。背面没有什么好看的，就是一个亮汪汪的光板儿。但正面可就不一样了，画着一列奔驰而来的火车，好像刚刚从远处的一片小树林里开过来。火车头上方冒着轻纱一样的烟雾，似乎是在"呼哧呼哧"地喘粗气呢。当然，最好看的，还是火车头正前方悬挂的"东方红"三个大字周边的闪光线，如同县上来了电影队，播放打仗的故事片的开头那样，好多光芒从"八一"两个字的周边，闪闪发光地冒出来。

大兵子非常喜欢那个铁牌牌。尤其喜欢那个铁牌牌上面的画面，以至于许多天以后，他才注意到那画面底部还有一行红色的小字，上书"铁道兵某旅学习毛泽东思想积极分子代表大会"。

也就是说，那个小牌牌，是铁道兵某旅的官兵，说到底也就是大兵子的叔叔，是学习毛泽东思想的积极分子。用现在的话说，那是个荣誉奖章。大小如一本书那样，底部折了一个扁豆角一样宽的铁边当基座，与那列奔驰而来的火车呈一个微微倾斜的角度，正好可以放在书桌上，或是窗台上，不用任何物件儿来支撑，都能摆放得很稳当。如果猛然间从侧面来看那个铁牌牌，很容易让人想到那是一面小镜子。

大兵子很喜欢那列奔驰而来的"火车"。

当晚到家，他先是把它放在家中的吃饭桌上，然后又放在饭

抬
鱼

桌上面的条案上，晚上睡觉时，还拿到自己的床头左看右看。第二天上学时，他带到学校，在班上同学面前美滋滋地炫耀了一番。

后来，看到的人多了，就有人吓唬他，说："好你个大兵子，你不小心点！"言外之意，你拿着那铁牌牌到处显摆，小心有人打你的主意，把那物件儿给你偷走了。

那样一说，大兵子还真是紧张了！是呀，万一哪一天，有人把他那个小牌牌给偷走了怎么办？尤其是他上学不在家的时候。

于是，大兵子警觉起来。他把那列"火车"夹在书本里，放在抽屉内。等他感觉放在抽屉内也不安全时，干脆把它藏进了"桌肚"里。

大兵子家有一张桌子，是土改时从财主家分来的，亮堂堂的桌面下，是三个并排着的"铜环"抽屉。而"铜环"抽屉下方，暗藏着一个"裙摆"式的桌肚。一般人翻找东西时，打开抽屉翻找一番也就拉倒了，很少会有人想到抽屉下面的"裙摆"内，还藏有一个"暗肚"儿。

据说，当年财主家的金银珠宝，都是藏在那个"暗肚"里的。

而今，大兵子把那列"火车"藏在那里面。时而，他也会拿出来看看。不过，既然把那列"火车"藏进了"暗肚"内，要想从里面再翻找出来，还挺费事呢。

首先要把桌面下方的抽屉抽下来。然后，再去"暗肚"内翻找，而抽屉的空当扁扁的，人的脑袋伸不进去，只能凭手的感觉，在"暗肚"里面乱摸。

所以，大兵子在那"暗肚"里乱摸了几次，不知是那物件儿被他给推到犄角旮旯里了，还是时间久了，大兵子对那物件失去了新鲜感，也就不再关心它的存在了。

但是，随着年龄的增长，大兵子慢慢地懂得，那列"火车"可能是叔叔当年追求秦香怡时的信物儿。人家可能没有看上叔叔，就把那个物件儿退给了大兵子家。

秦香怡年轻时，是周边几个村里出名的大美人儿。她在大队戏班子里排戏那会儿，媒人把她家的门槛儿都给踏破了。

大兵子的叔叔个子不是很高，文化也不高，可能初中都没有念完。尽管他到部队以后，刻苦学习，文化水平又提高了一点，成了学习的"积极分子"。但他始终没有提干。秦香怡与他简单地通了几封书信以后，感觉他的发展前途不是太大，便不再与他交往了。

后期，秦香怡同样是嫁给了一位军人。但那人是邻村里一位穿着"四个兜"的连长（当时，军队里排长以上的干部，才可以穿四个兜的上装）。后来那人提升为副营长时，把秦香怡也给带到部队去了。再后来，秦香怡的丈夫转业到当地法院工作，秦香怡作为随军家属，被安插到县百货公司做售货员。

那一年，大兵子的叔叔在铁路上退休了，回到家乡时，大兵子给他拾掇床铺，有意无意地翻找出当年那列画在铁牌牌上的小"火车"。

叔叔一看那个铁牌牌，瞬间惊诧了一下子，他问大兵子："这东西是哪里来的？"

大兵子说："不是你寄来的吗？"

叔叔思量了半天，感觉那物件儿当初不是寄给大兵子的，便自言自语地说："不对吧？"

抬
鱼

大兵子说："怎么不对呢，不是你让秦香怡转给我的吗？"

叔叔没再说啥。但他沉默了一会儿，忽而转移了话题，问大兵子："秦香怡现在干啥？"

大兵子说，前两年她一直在百货公司站柜台。大兵子还说，有一年春天，他到县城去拉化肥，在百货公司门口的公共厕所旁边还遇到过她。她还是那么漂亮，就是头发白了一些，模样还是先前那个模样。其间，人家还问到大兵子叔叔在铁路上的一些情况呢。

叔叔说："是吗？"

叔叔问大兵子："她现在还在百货公司上班吗？"

大兵子二二乎乎地说："估计也退了。"

大兵子说，他有好长时间没有见到她了。但大兵子猛然间又想起什么来，他说秦香怡的腰椎可能不是太好，听村西头的"王药罐子"说，她去县城中医院拿药时，看到秦香怡在那里拔火罐呢。

"是吗？"

叔叔让大兵子再具体打听一下，他想去看看她。

大兵子知道叔叔年轻时与秦香怡有过那么一段儿，他还真是用心去给打听了，确认秦香怡在最近一段时间内，每天上午都在县中医院拔火罐的同时，还打听来秦香怡的丈夫，去年春天患肝癌病故了。

大兵子把秦香怡那边的情况与叔叔说了以后，恰好第二天他要开车到县城去办个什么事情，顺便想把叔叔带去与秦香怡会个面儿。

没料想，第二天一大早，大兵子起来收拾车子时，叔叔也跟着起来了。但叔叔夜里好像没有休息好，眉头皱着，蹲在院门口抽烟。临到上车的那一刻，大兵子为他拉开车门，他却冲着大兵子摆了摆手，说："不去了！"

抬
鱼

帮 扶

大兵子叔叔回乡探亲的那些天，胡海有事没事地就陪伴在他身边。他们俩是发小，关系一直挺好。

胡海领着大兵子叔叔东家串串、西家看看。大兵子叔叔好些年没有回来了。乡邻们见到他，总是热情地要留他在家里吃饭，大兵子叔叔一般不端人家的碗。有时候，实在不好推辞，也就坐下了。那样的时候，胡海自然也陪着。

赶到镇上集日，胡海说："今天，我带你到集上去转转？"

大兵子叔叔说："好呀，我都几十年没在家乡赶大集了。"

于是，两个人来到集上。他们看罢牛市看猪市。快晌午时，胡海说："干脆我们就在集市上弄两块朝牌（面饼），称半斤凉粉吃吃算了。"

大兵子叔叔说："行呀！"

回头，凉粉、豆腐端上来时，胡海争着要去付钱，大兵子叔叔哪里能让他付钱呢。怎么说，他是个"闯外"的人，手头比他胡海阔绰得多。

临下集时，路过一家鞋摊，胡海说大兵子叔叔："你不买双鞋子换换脚？"言外之意，你都回来几天了，老是穿着铁路上那"皮工鞋"，应该再买一双鞋子替换着穿。大兵子叔叔想想胡海的话在理儿。于是，就停下脚步，跟胡海在鞋摊上试鞋子。

大兵子叔叔选了一双青岛布鞋，穿了一下，怪合脚的。

胡海便说："那你就穿着吧，旧鞋子我给你拎上。"

胡海说那话时，他自个儿选在旁边卖鞋人的小马扎上坐下来，把大兵子叔叔那双铁路上发的"皮工鞋"穿在自个儿的脚上，连声说："呀！呀！咱俩脚一样大哟。你这鞋子，我穿正合脚！"

大兵子叔叔看胡海喜欢他那"皮工鞋"，便说："你喜欢，就留着穿吧。那种鞋子我家里新的旧的，还有几双。"

胡海一听大兵子叔叔那样说，就把他脚上那双早已经穿得不成样的旧鞋子，扔进路边水沟里了。

往回走的路上，胡海一边夸着大兵子叔叔的那"皮工鞋"，一边跟大兵子叔叔开玩笑地说："你干脆把身上的'铁道服'也脱给我，把我打扮成铁路工人的模样算了。"

大兵子叔叔指着他胸前那件双排扣的棉工服，说："这一件，已经被我穿旧了，等我回去，给你寄一件新的来。"

胡海嘴上说："哎！那怎么能行！我是跟你开玩笑的。"说完，他又补充一句，"新的你留着自己穿，我有你身上那件旧的，就足够美了！"

大兵子叔叔说："那好，你若不嫌旧，回头我就脱给你。"

改天，胡海那边有"场子"，他过来要把大兵子叔叔带上。那时，胡海已经穿上了大兵子叔叔的"铁道服"和"皮工鞋"。胡海进门嚷嚷说：

"走走走，今天你跟我走。"

一听胡海那口气，当天准有吃喝的场子。

胡海是小村里的支客。经常有人找他去料理事情。

支客，在其他地方叫料理、大内。用当今城里人的话说，那叫司仪。就是在红白事上，帮助主家张罗酒席，安排客人入座的那个角儿。

但小村里不是天天都有婚丧寿庆的事儿。偶尔有人来找胡海，还让大兵子叔叔给赶上了。

大兵子叔叔名叫胡正刚，胡海没在辈分上起名字。盐区这边，好多人都没在辈分上起名字。譬如说胡水、胡江、胡塘、胡河，都是挨着海边的"水"起的。胡海若是正儿八经地起个名字，他应该叫胡正海，与大兵子叔叔是同一个辈分的。所以，家族里面哪家有事情，胡海能去的，大兵子叔叔照样也能去。

他们两人年龄差不多。1964 年，大兵子叔叔参军时，胡海也跟着"进站"体检了。但胡海在政审时被刷下来了。否则，他胡海也与大兵子叔叔一样，同样穿上了军营里的绿军装。

胡海一想起那件事，心里就觉得堵得慌！他时常叹气，说："这人呀，就是个命！"

好在，转眼几十年的光景，眨眼之间也就过去了。当年换上军装，意气风发奔赴军营的大兵子叔叔，现如今，同样又回到家乡来，与他胡海耍在一起了。

大兵子叔叔在部队服役有十几年。后来，他转业到北京铁路局下面的一个"工务段"里上班，一家人也跟着他把户口迁走了。

大兵子叔叔退休回到故乡来，是临时回到家乡看看的，住在侄儿大兵子家里。大兵子每天开辆小"四轮"跑运输，顾不上叔叔。胡海倒是有时间，他陪着大兵子叔叔走了不少地方。

某一天，胡海把大兵子叔叔带到村前的小河边，有意无意地走近了眼前的一栋青砖、白墙、红瓦的新房子，问胡海。

"那是谁家的房子？"

胡海说："胡水家的。"说完，胡海又支吾了一句，说，"盖得不土不洋的！"

从胡海那语气里，似乎能听出他对胡水家建那房子不是太满意。胡海说："胡水家建房，是'爷俩树碑'——没请外人。"

言外之意，胡水家建那房子时，没请酒席。

胡水家穷呀，早年娶了个四川媳妇，那媳妇丢下一个儿子，便跟着一个外乡来卖小鸡的野汉子跑了。

眼下，胡水与儿子一起生活。儿子眼看到了讨媳妇的年龄，胡水便咬着牙（欠下很多债），才建起那三间房子。

大兵子叔叔说："走，到他们家去看看。"

大兵子叔叔与胡水同样是没出五服的兄弟。论起家族的关系，他与胡水更近一层。所以，大兵子叔叔很关心胡水家的事情。

那么，胡水家又是怎样呢？三间空荡荡的红瓦房内，连一件像样的电器都没有。院子里种了两畦子小青菜，都被馋嘴的小鸡给啄成"玉片"一样的菜帮子了。

大兵子叔叔问胡水："你靠什么生活？"

胡水很是害羞的样子，站在当院的石磨前，干搓着两手，说："凑合着过呗！"

"那你总得有点经济来源？"

胡水说："哪有什么经济来源？"说完，胡水又说，"土堰那边有五亩多地。"

大兵子叔叔说："你光靠种地，能赚到几个钱？"

大兵子叔叔说："你到城里去收破烂，一年下来，也能挣他个万儿八千的。"

大兵子叔叔的话音一落，旁边的胡海把话接过去，他跟大兵子叔叔说："你赞助胡水俩钱，让他买头毛驴、置辆驴车，到周边乡镇上去收破烂呗！"

大兵子叔叔当场表态，说："行！"

但大兵子叔叔说，这会儿他身上没有多少钱了，来时带的钱，都花得差不多了。等他回去给胡水寄。

当时，胡海与胡水都认为大兵子叔叔那是推辞。

没想到，半月后，大兵子叔叔果真给胡水寄来了三千块钱。

当时，三千块钱买头毛驴是够了。如果，再添辆驴车，可能还要差一些。胡水想等夏粮下来以后，卖些粮食，两下一凑，就可以把毛驴和驴车都买回家了。到那时，他再赶着驴车去周边乡镇，或是到盐河大堤的小餐馆里去收些酒瓶子卖。胡水甚至想到，他赶上驴车，沿着新浦那边的铁路线，一路收着酒瓶子、卖着破烂，没准儿还能找到大兵子叔叔修铁路的那个地方去呢。

没料想，在那期间，胡海家不知遇到了什么事情。有一天傍晚，胡海很急的样子跑来，进门就喊呼："胡水，胡水快把你手头的钱，抽两千给我使使。"

听胡海那话音，他是遇到了过不去的"坎儿"。胡水想到自己暂时不买驴车，那钱放在自己手中也是放着。于是，就从大兵子叔叔寄来的那三千块钱当中，抽出两千借给了胡海。

入夏以后，胡水卖掉了七口袋小麦，想去买头毛驴和驴车时，他去找胡海要钱。没料想，胡海把声音拖得长长的，说他："那个钱，你留一个数花花也就行啦！"

言外之意，大兵子叔叔寄来那三千块钱，不完全是寄给你胡水的，理应有他胡海一份儿。胡海甚至说，如果当初没有他开口向大兵子叔叔讨要那钱，人家只怕连一分钱都不会寄给你胡水。

胡水想想，也是那个理儿。于是，当晚他到胡海家要钱时，连坐都没坐，耷拉着脸就回来了。

过后，胡水再也没有跟胡海提那钱的事。胡水觉得，那钱，确实也应该给胡海一些花花。只是不应该给他那么多。两人平分就是了。

胡水觉得，胡海那人怪黑呢！

捉　乐

　　傍晚的时候，西北天边滚来一团乌云，面目狰狞地裹着雷电和风暴，一路癫狂地摇晃着河堤上的树丛和村庄里的茅屋草舍，"呼啦啦"地扬起漫天飞舞的草屑与沙尘，紧接着便平地起烟——开始下雨了。

　　好在，没多久，风停了，雨也停了。

　　夏季里，海边的雨就是那个样子，狂欢乱舞一阵子，自个儿感到没有情趣儿时，也就不声不响地停息了。

　　晚饭后，檐口那儿还在"吧嗒吧嗒"地滴水，守田老人走到院子里，仰脸试了试，天空中好像还是有一点儿零星的雨丝，如同午后仰脸扣蝉时，被蝉尿溂到脸上一样，还有些凉丝丝的。

　　守田想去生产队的场院里听书。

　　老伴儿看出他的心思，便说："你老实在家待着吧。这雨天赖赖的，有谁还会像你那样往场院里跑。"

　　老伴儿没好说，这大晚上的，你一个人跑去听书了，把她一个孤老婆子扔在这村头的独家院落里，她怪害怕的。好多个夜晚，她一个人猫在屋里，裤裆里憋泡热尿，都不敢开门到那黑漆漆的院子里去撒。

　　守田呢，他可能也觉得这雨后的夜晚，不会有多少人到场院的泥地里去听书了，便到东院里扯来一把被雨水溂湿了的稻草，借着门口微弱的夜光，默默地搓起草绳来。

东院，原是儿子、儿媳妇他们住的。前年，乡里成立合作社，从各个村里抽调人选。儿子早年跟着贾先生读过几天私塾，会打算盘，能认字儿，很自然地就被抽到乡里去了。

刚开始，儿子每天早出晚归，媳妇带着小孙子住在东院。那样的夜晚，守田到场院去听书，老伴儿也懒得管他，有媳妇在隔壁住着，小孙子两边院落里跑着。她不觉得寂寞和恐惧。可眼下，儿子调到县里工作了，媳妇和小孙子也都跟着搬到县城那边居住，撇下他们老两口和那个空荡荡的院子。一到晚间，老头子再跑到场院去听书，剩下她一个人空守着，时而还风呀雨呀，野猫子啥的乱窜，真是怪吓人呢！

守田呢，嫌两边的院子两道院门不方便，干脆把儿子那边的大门给封堵上，在中间隔墙上另开了一道侧身可过的小门——两家合一家。并在儿子那边的院子里圈上鸡、喂上鸭，还弄来几只兔子养在笼子里。让老伴每天拧着双小脚两边院子里鸡呀、鸭呀、兔地忙活着。

可这晚下雨，守田扯来些稻草搓草绳，想给当院里几棵已经吐须的丝瓜扯个空中网架儿。

老伴儿陪坐在门口，默默地往老头子手中递稻草。

黑夜里，老两口就那么一个"稀唰稀唰"地埋头搓草绳，一个默默无语地递稻草。

忽而，院子里"扑"的一声响，紧接着，还有"扑棱扑棱"的响动。

女人顿时警觉起来，手中正在传递的稻草停在了半空中。

守田也下意识地停下手中的活计，去听院子里的响动，感觉是鸡刨、鸭动的声响。原认为是东院里圈养的鸡鸭夜晚跑出了笼子，便起身划根火柴往声响处一照，呀！是一只如鸡一样大的俊鸟，缠绕到一团破旧的渔网子上，正挣脱不开呢。

守田张开两只蒲扇般的大手，上去就把那只俊鸟给捕捉到手里了，提到屋内灯影里仔细一端详，是一只野鸡，而且是一只红冠、金爪、绿颈的长尾巴野公鸡，好大！尾部的羽毛很长，很好看！看样子它已经与那团破旧的渔网子搏斗了一阵子，两只金爪被缚，两翼红黑相间的翅膀被裹住（舒展不开了），细长的脖颈还钻进了两个连环扣似的网眼里，自个儿把自个团成了一个七彩的"球"。

女人说："它是在哪里缠裹上这网片子的？"

守田说："好像是俺家草垛上的。"

女人问："怎么裹到它身上呢？"

守田思量了一下，说："刚才刮大风，那网子可能被吹到树上了。"并说，野鸡同家鸡一样，是夜盲眼，它往树上躲避风雨时，十之八九是误打误撞地闯到这网片上了。

女人庆幸当晚没让守田去听书。否则，她一个人在家，听到院子里那样的响动，还不知要被吓成什么样子呢。

可这阵子，她看到老头子捉住了那只大野鸡，反而很得意地说："哎，我们该吃了！"

女人那话里的意思是说，这只送到嘴边的大野鸡，够他们老两口吃一嘴的啦。

守田一边解着那野鸡身上的网扣，一边梳理着它那身漂亮的

抬
鱼

羽毛，跟老伴儿说："留着，等哪天大宝来了再吃。"

大宝是他们的宝贝孙子。

女人瞬间反应过来，说："对！留给大宝来吃。"说完，女人又轻叹了一声，说，"大宝都好长时间没有回来了！"显然，那女人是想孙子了。

当晚，老两口把那只大野鸡关进笼子里，并在四周罩了一些破旧的渔网子，怕它逃走，同时也可以保护它不受黄鼠狼、野獾子的侵害。

回头，老两口上床以后，思量着喂养它三五天，若是儿子、儿媳妇他们还是不回来，干脆就把它送到城里给小孙子吃，他们老两口不吃。否则，那东西野性大，关押的时间长了，它会自己变瘦的。

没承想，第二天儿子、儿媳妇他们一家意外地回来了。守田先是牵着小孙子的手，带他去看那只既高傲又漂亮的大野鸡，随后便从笼子里把它"扑噜噜"地拽出来，要杀给大宝吃。

大宝一看爷爷要杀那只好看的大野鸡，便拽住爷爷不让杀。他要与那只野鸡玩耍。

守田呢，他听儿子、儿媳妇的话，更听小孙子的话。原本已经把刀都架到那只野鸡的脖子上了，又被小孙子嚷嚷着将野鸡放回笼子里了。

接下来，小孙子便围在那笼子边上喂它青菜、喂它玉米粒儿，还满院子里寻找小虫子喂它呢。

傍晚，儿子、儿媳妇他们要回城里时，大宝拽着屁股不想走。直至爸爸、妈妈答应过几天再带他回来时，大宝这才很不情愿地跟着爸爸妈妈走了。

守田看小孙子那么喜欢那只大野鸡，在儿子、儿媳妇他们走了以后，更加精心地把它围护起来。

孰知，就在儿子、儿媳妇他们回城的第三天，还是第四天清晨，老伴儿一开房门，"腾"的一声，从那鸡笼的旁边，飞起一只颜色不是太鲜艳的母野鸡。

女人赶忙反身回来告诉守田，说："了不得了，那只野鸡的老伴找来了！"

守田披衣下床一看，那只母野鸡还没有飞远，正蹲在他们家的大门楼上缩头伸脑地向他们这边观望。

女人问："这可怎么办？"言外之意，人家也是一对儿。

守田没有吭声。但他的眼神里，瞬间涌起了惊诧与同情。

女人说："放了它吧！"女人没好说，看着那一对野鸡不能在一起，她心里怪难受的。

守田仍旧没有吭声，但他看到那只母野鸡赖在他们家院墙上、房檐上飞来飞去地不肯离去，最终还是动了恻隐之心，默默地走到鸡笼子旁，把那只大野鸡给放了。

几天后，小孙子来寻找那只漂亮的大野鸡时扑了个空，便鼓起小嘴半天不高兴。爸爸、妈妈跟他解释，说那只大野鸡家中也有宝宝，并说他的宝宝也像大宝想念爸爸妈妈一样想念它的，等等。大宝的情绪这才慢慢地好了一些。就那，当天午后，他还是闹着爸爸、妈妈早早地回城里去了。

之后，儿子、儿媳妇，尤其是他们那宝贝孙子，又是很长一段时间没有回来。

入冬后，一场大雪，纷纷扬扬地落了一夜。天亮以后，守田起来扫雪时，忽而发现了什么，忙扔下了手中的扫帚，回屋跟老伴儿说："我要去城里接孙子——"

老伴儿想，这大雪天的，他一大早要去城里接孙子，难道城里没有下雪，想接小孙子回来看雪不成？可等老头子指给她，院门楼上蹲着那对大野鸡和它们身边的几只小野鸡时，她这才知道，放走的那只大野鸡又回来了。

雪天里，野鸡们寻找不到食物，想到守田家这边有吃的，便一起飞来寻找食物吃呢。

而此刻的守田，却想到他的小孙子喜欢与那些野鸡玩耍，一边喊呼老伴儿，"你快抓把谷子留住它们"，一边紧了紧腰带，喜不自禁地冒着风雪，头都没回地奔城里去了。

断　情

　　富贵是个养路工。他每天要做的事情，就是把他分管的那一段沿着海岸线延伸过来的沙塘路养护好。海边的人拉大柴、拖海贝、运石料，稍不留神就会把车上的货物散落到路面上。那样的时候，富贵就要及时去清除掉；再者，海潮异常涌来时冲垮了路基，或是暴雨过后路面上汪了水，他要弄些石料与黄沙土来修整。天气晴好时，他还会舞弄一把橡胶皮镶牙口的木爬犁，把滑到马路边缘上的黄沙，"稀喇稀喇"地推到马路中间的跑车道上去。

　　富贵弯下腰来，舞弄他手中那把"猪八戒式"的橡胶皮爬犁时，如同人们在打谷场上翻弄稻谷、麦粒一样。看到有颗粒大一些的石子儿，他要捡起来扔到路边水沟里去，或是直接用那爬犁角儿"剜"起来，甩到一边。

　　公路边上，每隔一段距离，就会有一小堆黄沙土，尖尖圆圆地堆在那儿，那都是富贵平时预备好了，专门用来铺垫路面的。

　　富贵养护的那段路面，前后有三四公里长。他每天要在那段路上来回走三四趟。往往是，去的时候走马路那边，回来的时候走马路这边。看到哪个地方不平整，他就会停下来，铲一些黄沙土来铺垫一下，以便后面的车辆过来了，能够很平稳地通过。

　　富贵他们养护的那条公路，是汾水（今日岚山）到新浦的。其实，那条路是青岛延伸过来的，或者说路的两端还延伸到很遥

抬
鱼

远的地方呢。但富贵不知道那些。富贵只知道每天清晨，会有一辆绿头白腔的破旧客车，从汾水那边"哈啦哈啦"地开过来，开到盐区小码头那边停一下，然后，鸣一声喇叭，扬起一片尘土，便很高傲的样子，头都不回地奔新浦方向去了。

早年间，那条公路是小日本用来跑车的。日本人投降以后，地方上沿用了日本人用过的公路。并在沿路各村招募养路工。富贵就是在那个时候，被招去做养路工的。

当时，村里的干部找到富贵时，并没有直接跟他说叫他去做养路工，而是拐了一个弯，问他："富贵，你想不想去住瓦房？"

富贵吓了一跳，认为要送他去坐"局子"呢。

新中国刚成立那会儿，盐区这边草房子多、瓦房少，谁做了什么违法的事情，被送去"坐局"了，人们往往会变相地说某某某去住瓦房了。富贵呢，他想了想自己没做什么违法的事情呀，村里干部问他那话干什么。他瞪大了俩眼睛，疑疑惑惑地望着村里干部，问："嘛？"

村里的干部知道富贵想到了坐"局子"的那一层，这才笑了一下，跟他说到养护公路的事情。

富贵一下子就明白了，人家要派他去养护公路呢。当年，小日本守护那段公路时，每隔一段距离，就在路边盖两间青砖红瓦的小房子，专门提供给那些看管公路的人居住。眼下，那房子还在。富贵去养护公路的同时，自然也要把那房屋接管过来。

现在想来，富贵当初去养护公路的时间，应该是在1948年前后。

当时，苏北、鲁东南一带已经解放了。上级正在招募各类有专长、有文化的人才。其中就有养路工。当然，养路工算不上什么人才，只要身体好，懂得爱护公共财产。具体一点说，能够把自己分管的那段公路养护好就行。

当时的养路工不是什么好职业。甚至有人认为那是个吃灰尘的行当。每天守在马路边，车辆"呜"的一声开过去，扬起一团灰尘，如同渔夫们在河沟里捕捉鱼虾时撒开的旋网子，瞬间就把路两边的行人给罩住了，可脏了！

再者，富贵刚被派去做养路工时，村上只给他一点有限的生活补贴，仅够他一个人开销。好在富贵是个光棍汉，他不在乎那些。只要他一个人吃饱，全家都不饿了。可后来，养路工被上面收编了，统一吃上了国家的统销粮，富贵他们的那个职业，变成了人们羡慕的行当。只可惜，那个时候，富贵快五十岁了，他已经过了大姑娘、小媳妇们爱慕他的年纪。

其间，有人跟他开玩笑，说："这下，富贵可以娶个老婆喽！"

富贵笑，富贵觉得眼前的好事情来得太晚了。若是早二十年，或者说早十年，他或许真的能娶个大姑娘呢。眼下，黄土都埋到脖子了，他哪里还有那样花花道道的心思。富贵倒是觉得，以后，他每月领到工资后，该接济一下二弟他们一家子了。

富贵的二弟身体不是太好。他闯过东北，在东北那白山黑水的地方折腾了几年，把自个儿的身体给糟蹋坏了。

早年间，盐区这边好多男人在家吃不上饭，或者是讨不上老婆时，就到东北去闯荡几年。赶到某一年春节前回来时，头上戴顶三面狍子皮的坦克帽，肩上披一件双排扣的毛领子短大衣，便会撩得前后村里的大姑娘们心里毛毛的。

抬
鱼

富贵二弟就是那样讨上老婆的。只可惜，富贵二弟没有与他媳妇过上几年好日子。

　　富贵的二弟是个病秧子，整天就像只小瘟鸡似的蔫头耷脑地没有精神。现在想来，他那毛病应该是糖尿病。你想嘛，他一个大男人，不头疼，也不发烧，就是浑身上下没有力气。就那，他还折腾了十几年，直至把他女人拖累到没有姿色了，他才撒手西去。

　　好在，那时他儿子大毛子已经长大了。

　　在那期间，也就是富贵的二弟死了以后，村里有好心人想撮合富贵与他弟媳妇。

　　那样的事情——兄弟媳妇改嫁给自己的小叔子，或是大伯子与弟媳妇另起锅灶过日子，至今都不算什么丢人的事情。甚至还会有人说，那是肥水不流外人田呢！

　　富贵呢，刚开始他没有往那方面想，总觉得自己的兄弟走了，他要把自家的侄子拉扯成人。可经旁人那样一蛊惑，他还真是动了心思。晚间睡觉时，他望着窗外的月亮在那儿胡思乱想：若真是让他和弟媳拾掇到一起去，除了他年龄上与弟媳妇悬殊一些，其他方面都没有什么。富贵甚至觉得，若是弟媳妇愿意，他俩还能生个一男半女呢。那样的话，他富贵也可以留下自己的后人啦。

　　话再说回来，如果富贵不把他弟媳妇娶过来，万一哪一天，弟媳妇另嫁他人呢？到那时，他富贵岂不是傻了眼！与其让别人把他弟媳妇娶了去，还不如他这个做大伯子的把弟媳妇揽到怀里呢。有了那样的想法，富贵去弟媳妇家的次数就勤了。

"缸里的水够不够多？"

"南园上的萝卜是不是该浇些尿水了？"

"三奎家二玲子有日子（要结婚了），大毛子去送喜礼时，也给我带上一份吧。"富贵说那话时，往往连弟媳妇家的喜礼钱也给垫上了。

那一阵子，富贵的鞋子擦亮了，衣服也穿得整洁了，头发上好像还抿了些滑溜溜的水花呢。弟媳妇看到了，心里面自然也就明白了大伯子的心思。

但是，富贵没有料到，他心里企盼的事情，却遭到了大侄子的反对。

那天傍晚，富贵委托西街的二大娘上门去说和那件事情时，被大毛子听到了。确切地说，在这之前，大毛子已经在外面听到一些风言风语了，心里正憋着一股火呢！他很难接受大伯与他妈妈睡在同一张床上。所以，当二大娘在小院里与大毛妈说起那件事情时，大毛子先是把小里间的木门掼得"哐当"一声山响。随后，他飞起一脚，把门口正在地上寻找食物吃的一只小花狗给踢到门外去，还连声呵斥那只无辜的小花狗："滚，你给我滚！"

大毛子那话，显然不是在骂狗，他就是骂那个多嘴的二大娘呢。

二大娘赚了个无趣，回过头来与富贵回话时，说到大毛子骂她时的那个场景，委屈得眼泪都快落下来了。

富贵当着二大娘的面儿，牙咬得"吱吱"响，他骂大毛子是个王八蛋、白眼狼！富贵觉得，这些年来，他对大毛子全是白疼了，那小王八犊子，一点儿都不懂事。

大毛子妈看儿子不高兴，她心里面刚刚燃起的那点儿微弱的欲火，很快也就熄灭了。尤其是想到，儿子马上也到了提亲的年龄，她咬咬牙，也就不往那方面想了。

但，富贵的心里好像还在想着那件事儿。他曾几次想与大毛子单独谈一谈，可大毛子始终躲着他。

这期间，富贵到弟媳妇家又去了几趟。不是大毛子不搭理他，就是弟媳妇看他去了，借故说到邻居家去有个事情——不待见他。弄得富贵很尴尬，也很没有脸面。

自那以后，富贵就不好再到弟媳妇家去了。但富贵心中的欲火还在燃烧。况且，那样的欲火燃烧得越旺，他越忌恨大毛子那个狗东西。

某一天，大毛子如同往常那样，在公路边的树丛里割青草，富贵巡查路面时，看到大毛子的草筐放在路边上，那一刻，富贵不但没有停下来帮他大侄子薅青草，反而拿出他守护公路的派头来，扬起手中的铁锨，一下子就把大毛子那草筐给挑到路边水沟里了，口中还恶狠狠地骂道："去你妈拉个X的！"

大毛子当然知道大伯那是骂他的，但他没有吭声。

在盐区，小叔骂哥嫂家的侄子，不算什么事情，某种场合下，小叔骂大侄，还是一种亲切的招呼语呢。可做大伯的，可谓是长兄如父，万万不能骂弟弟家的子女。这在盐区是几十年、上百年不变的理儿。一旦大伯骂了弟弟家的孩子，那就会结下深仇大恨。

可那天，富贵偏偏就是那样骂了大毛子。

大毛子没有回话，他起身扬起手中的镰刀，"喳"的一下，

抬
鱼

削断一棵拇指粗的小树，连那草筐也不要了，鼓着嘴儿（应该是在心里骂着他的大伯），转身走了。

自此，大毛子与他大伯不相来往了。以至于后来，大毛子娶亲，都没有给他大伯送一根喜烟、一块喜糖。

一晃，又是几年的光景过去了。

富贵一天天老了，身体也一天不如一天了。先前，富贵手头有了钱就去买烧饼、下馆子。而今，他手中握着钱，却尽往药店、药铺里去寻摸吃什么药物呢。大毛子知道他大伯生病了，可他故意装作什么都不知道。

直到有一天，有人来告诉大毛子，说他大伯在那小屋里吊死了。大毛子这才不得不去料理大伯的后事。

其间，有人告诉大毛子，说他大伯养护公路那么多年，每个月上级都给他发工资，他手头应该是有一些余钱的，让大毛子在大伯那小屋里各处翻找翻找。

可接下来，就在大毛子床上床下翻找时。院子里忽然有人喊他大毛子，说："别找啦，你大伯的钱都在这里呢！"

喊话的那人，拨弄着当院里一堆没有燃尽的纸灰钱角，对大毛子说："你看看，这些都是钱，都是没有燃尽的钱。"

原来，富贵在临死前，把他这些年来所积攒下的钱，一把火都烧了。

捣　乱

　　东庄到西庄，中间隔着一道南北向的沙石岭。准确一点儿说，是隔着沙石岭下的那条由北往南流淌的金沙河。现在看来，东庄与西庄的分界线，就是以那条金沙河为标志的。可在人民公社、"大跃进"那会儿，那两个村庄是团在一起的。他们同饮一河水，同在一个锅里摸勺子。为引水灌溉，他们还在那条金沙河的下游，修建了一道拦水大堤，将上游来的水（淡水），与下游海潮涌来的盐河水隔开，形成了一汪镜湖似的蓄水坝，用于灌溉金沙河下游的大片农田。

　　那道拦水坝，或者说那面"镜湖"一样的蓄水坝，是那个"火热"的年代里，人们兴修水利、改造农田时所留下的一项较为完美的水利工程。受益的一方是东庄。因为，水往低处流。西庄那边大多数农田在岭上，一年当中，尤其是春夏枯水季节里，西庄那边的排水闸都在"吃水线"以上。很难把蓄水坝里的水，引到他们西庄的农田里去。

　　这样一来，西庄那边就不怎么关心那个蓄水坝了。

　　东庄的人因为要引水灌溉。他们时而要把水闸打开或关上。雨季来临时，还要关注下游泄洪。否则，金沙河上游的两岸人家，就会被洪水给淹了。于是，东庄人便在那堤坝上搭建了一间小茅屋，委派村长家的三弟胡三，昼夜在那儿看守着。

胡三是个光棍。他的背有点儿驼。再加上他那人邋里邋遢的，才五十几岁，就跟个六十好几的小老头似的。胡三一直没有讨上老婆。他干不动大田里的农活。当村长的大哥，在蓄水坝那边给他安排了一个看守蓄水坝的轻巧活计，让他昼夜拿工分不说，还让他的生活有了奔头。

胡三在蓄水坝那边，喂养了鸡鸭，还在河堤的小树空地里，圈上挡鸡拦鸭的网子，种植了一畦一畦的韭菜、菠菜和南瓜、大豆之类的蔬菜瓜果。胡三虽说是一个人生活，可盆碗锅灶，一样都不少。

村上人在那边田地里干活时，会到胡三那小茅屋里讨水喝，也有人专门到河堤上找他理发的。

胡三年轻时为谋生计，专门跟人家学过剃头，剃那种一毛不留的大光头。而今，胡三的"刀下客"，几乎都是当年找他剃那种青光光"葫芦瓢"的老友。他们来到胡三居住的蓄水坝那儿，自个儿烧水烫头，与胡三说一些水塘里的芦苇、水鸟与鱼虾方面的事情，或是讲讲小村里某些人家的什么稀奇古怪的事儿。胡三听了，还是蛮开心的。

胡三很乐意村上人来找他剃头，或是找他玩耍。胡三本身驼背，整天佝偻着腰，行动不是太方便，可他那弯弯的腰肢，与剃头的匠人弯下腰来给人家刮胡子、剃头发的姿势正相宜呢。

当然，人们来找胡三剃头也不是白剃的，时而有人会带条毛巾，或是买两块肥皂，拎半瓶酒桌上剩下的老酒给他。

应该说，胡三在蓄水坝那边，吃喝是不用犯愁的。白天人来人往的还蛮热闹的。胡三寂寞的是夜晚。

日落以后，旷野里一片宁静。蓄水坝那边唯一的响动，是水鸟争巢，是水面上时不时有鱼弹跳。以至于让胡三联想到，夜深人静时，会不会有人来偷那蓄水坝里的鱼呢。

　　蓄水坝里的鱼，大部分是野生鱼，力气好大，猛然间从水面上弹跳出一条来，就像是圆滚滚的大白萝卜似的，"扑棱"跃出水面后，又"嘭"的一声落进水里，怪喜人的！还有一些小鱼秧子，是东庄上的干部们象征性地投进塘里的小鱼苗。东庄那边的干部们招待上面来客时，会派人来撒上几网，挑些大个的鱼带回去烧着吃，网到小鱼秧子时，就再放回到塘里养着。

　　东庄人派胡三来占据着那片水塘，很自然地就把那片水塘看成他们东庄上的了。这让西庄上的人感到很不舒服。

　　东庄与西庄的地界，原本是以河而分的。而到了那条河的下游，也就是蓄水坝那儿，也应该是两村共同拥有那座蓄水坝才对。怎么偏偏让东庄人给独自占有了呢。西庄人很来气！

　　于是，西庄那边也在那蓄水坝的堤岸上，搭建起一间茅草屋，也往蓄水坝里投进了一些鱼秧子。派来一个叫刘二的光棍汉，与胡三一样，昼夜在那儿看守着。只不过，西庄那边的小茅屋，是建在蓄水坝西面的堤岸上的。与胡三这边的小茅屋正好是隔水相望。

　　这就是说，西庄人把那茅屋，还有那刘二，往蓄水坝的堤岸上一安放，就等于明着告诉东庄的人，那蓄水坝里的鱼虾与芦苇，有他们西庄人的一份儿。

　　刚开始，也就是刘二刚来时，他可能受到他们村里干部们的教化与蛊惑，对蓄水坝东面的胡三多少有些抵触与敌视。胡三呢，念其乡里乡亲，又是隔水而居，拎来些自己种植的小青菜、红皮的奶头萝卜过来认"邻居"。

刘二可好，他蹲在小屋门前，正在穿针引线地修补一块破旧的渔网子，看到那胡三过来时，他头都没抬一抬。

胡三问他："补网子哪？"

刘二不咸不淡地回话说："你不都看到了吗？"

弄得胡三半天都没法跟他搭话了。

可过了两天，也就是刘二在他那小茅屋里无聊地苦熬了两三个夜晚以后，他却主动往胡三这边靠了。

胡三的门前种着青菜、萝卜、辣椒、茄子，还有一架正放小花的黄瓜，他一个人吃不了时，正想着再送一些给那刘二呢，刘二却拎着蓄水坝里网到的鱼虾过来了。

俩老头，或者说两个光棍老汉，论起来还是乡间的那种狗尾巴亲戚——亲连亲的那种。这阵子，一同居住在那荒郊野外，共守着同一片水塘，还有什么好叫板、好较劲的呢。

至于，刘二网来的那些鱼虾，胡三倒是提醒了他一句，捕捉鱼虾的时候，可别让外人看到了！

胡三那话里的意思是说，咱们俩是各自村里委派来看守蓄水坝的，再带头捕捉那蓄水坝里的鱼虾，让外人看到了，影响会很不好的。

刘二却说："只要收成好，麻雀还能吃多少！"言外之意，只要那蓄水坝里有鱼有虾，他们两个老头还能吃掉多少呢。刘二还安慰胡三说："哪有晒着咸盐喝淡汤的？那不是傻瓜蛋吗！"刘二"哗啦"一下子，把他网来的鱼虾，倒在胡三门前喂鸡喂鸭的小盆里。那些鱼虾立刻就在那欢蹦弹跳呢，显然都是刘二刚刚捉到的"起水鲜"。胡三心里很是喜欢。

回头，刘二要回他西面的小屋时，胡三忙起身摘一些青椒、茄子和带花挂刺的脆黄瓜给他。有两回，那刘二送过来的鱼虾多，胡三还留他一起坐下来烧鱼、饮酒喝呢。

至于，他们东庄、西庄的干部们为争夺那蓄水坝，争夺那蓄水坝里的鱼虾与芦苇，那就让他们争去好啦。那与他们两个老头又有什么关系呢？他们的职责就是把蓄水坝里的水看好。尤其是蓄水坝里的芦苇、鱼虾不要让外乡人来给偷走就行。

酒桌上，俩老头弄明白了那些道理以后，抱团取暖一般，相互联起手来，共同看守着那片水塘。

刘二比胡三的身板好，他没事时喜欢到处乱转，可转着转着，他就转到胡三这边的小屋里来了。尤其是白天，胡三这边有人剃头，刘二在蓄水坝对面看到以后，他立马就凑过来了。

刘二那人好拉呼。他年轻时闯过青岛，见过外面的花花世界。好多个漆黑无聊的夜晚，他在胡三的小茅屋里瞎拉呼时，说到他当年闯青岛，说到青岛那边的窑子里……说到关键的时候，刘二就不说了。

回头，刘二打着手电，照耀着水面上的"鱼花"和蓄水坝堤岸上的小路，回到他自个儿的小茅屋里睡下时，胡三却被他撩拨得心里毛毛的，大半夜的都睡不好觉呢。

胡三没有靠过女人，他听刘二说，男人一旦靠到女人，脊梁杆子那儿就如同滋火花一样，可舒坦哪！那滋火花一样的舒坦，又是个什么样的滋味呢？胡三没有体验过。但胡三从刘二的话语中，似乎能感觉到，那是很快乐的！

"个老东西！"

胡三不知是嫉妒，还是忌恨刘二，心中那样骂刘二。好像那刘二靠过女人，脊背上"滋"过火花，是很不应该的一样。

应该说，刘二在靠女人，或者说在捉鱼方面，都比胡三要高强一些。刘二在一个筐兜那样大的网筐筐里放上碎鱼、烂虾，有时也放两只扒去皮的青蛙在里面，扔进水塘中，一夜之间，就可以网到好些鱼虾了。有时，他还能捉到缩头伸脑的鳖呢。刘二之所以把他捉到的鱼虾送一些给胡三，目的是"堵"住胡三的嘴。否则，胡三看到他在蓄水坝里捉鱼虾，回到村上去打小报告，那就不好了。可胡三吃了刘二送来的鱼虾，自然也就不好再对外人说什么了。

刘二喜欢听书，喜欢往人多的地方凑热闹。他经常到小村供销社那边去打探小村里张家长、李家短的消息，回来说给胡三时，顺便把胡三所需要的油盐酱醋也都给他买回来了。

晚间，刘二还会到小村的牛屋、场院里去听人家说书。有时，他还把蓄水坝里捉到的鱼虾，背着胡三，带一些送到村上大侄子家去，或是拎到小村里某户要好的人家去讨酒喝。

那样的夜晚，刘二喝了些酒回来，看到胡三这边还亮着灯，他会推开胡三的小柴门，进屋来喝些茶水，说一些胡三爱听的话语，然后再回到他小屋里去休息。有时，刘二回来得迟，看到胡三已经熄灯上床了，他还会弄出点动静来，试探一下胡三到底睡着了没有。譬如，他搬起河堤上一块土坷垃，"通"的一声，扔进水塘，假装偷鱼的人跳下水去布渔网呢。

刚开始，胡三还真是被刘二给糊弄住了，听到那样的响声以后，他立马披衣下床，打开手电筒，在水面上四处照耀，口中还愤愤然地呵斥："谁？干什么的！"

可等那胡三打着手电，左右照耀又什么也照耀不到时，蹲在旁边黑影中的刘二，便背对着胡三说话了，刘二说：

"你照什么照，偷鱼的人在这儿哪！"

说话间，醉醺醺的刘二，已经把他手中的一支"白棒棒"，"栽"在他肩膀上的指缝里了——那是他递给胡三的烟卷儿。

逗弄得胡三气也不是，笑也不是，直至接过刘二那烟卷儿以后，他还在那埋怨："半夜三更的，你猫尿喝多了吧，装神弄鬼地来吓唬我。"

那时刻，俩老头在河堤上捧上烟火，看看时间还早，会说一些水坝里的鱼、水鸟，以及第二天的天气之类的闲话；若是夜色太深了，不等他们把手中的那支烟卷儿抽完，那刘二便起身回他西边的小茅屋里睡觉去了。其间，也就是刘二在黑暗中"踢踏踢踏"地走出一小段距离后，他还不忘提醒胡三一句：

"别睡得太死了！"

言外之意，你胡三睡觉时听着水面上的响动，别让偷鱼贼把咱们蓄水坝里的鱼虾给网走了。

胡三看他喝了不少酒，知道他回到小屋以后，便会呼呼大睡，回他一句，说："你呼你的猪头去吧！"

刘二没再回话，刘二在黑夜中"踢踢踏踏"地走远了。

有些个夜晚，刘二没到村子里去听书，也没有到胡三这边来玩耍，胡三看他那边小茅屋里亮着灯，会打着手电，沿着堤坝，走到刘二那边来坐坐。要不，大晚上的，他一个人猫在自己的小屋里，也怪没有意思的。

抬
鱼

可这年秋忙时，刘二有几天没到胡三这边来了。胡三认为他回村上帮助他家大侄子收花生、打稻谷去了，晚间回来得太迟，再加上白天干活过于劳累，顾不上来找他玩耍了，胡三也就没有往刘二那边去。

可这天傍黑时，胡三忽然发现蓄水坝对面，也就是刘二小屋跟前的石阶那儿，多出一个洗菜的婆娘。仔细一打听，原来那几天刘二并非回村上去帮助他家大侄子收花生、打稻谷，而是回村上领来一个外乡女人，可能是一个逃荒要饭的婆娘，经村上人撮合，被那刘二连哄带骗地给弄到他那间小茅屋里了。

胡三先是感到很好笑，后又觉得很有意思。心想，那刘二一把年纪了，半路上捡来个女人，他们能过到一起去吗？鬼了！十之八九，他是哄着那女人玩耍的。

有了这些想法的胡三，入夜以后竟然睡不着觉了。而睡不着觉的胡三，便起来围着河堤打转转。转着转着，不知怎么就转到刘二那间小茅屋跟前了。看到屋里还亮着灯，胡三就在想，这会儿那刘二的脊背上是不是在"滋火花"哟？有了那样的想法，胡三就没好去推人家的房门。他只是在刘二的小茅屋跟前呆望了一会儿。陡然间，胡三不知怎么想起刘二昔日里闹他时，往水塘中扔土坷垃的事来，随即弯下腰来，搬起旁边的一块大石头，"咚"的一声，给扔进水塘里了。

原以为刘二听到那样的响声以后，立马就会拉开小柴门，查看一下，是不是来了偷鱼贼。

没想到，室内的刘二却"扑"的一口，把房间内的小油灯给吹灭了。他显然猜到，门外是胡三在捣乱。

压　台

也是朋友介绍来的，说是盐业行里有位小业主画画不错，手头已经画了一些了，想请郝逸之郝先生费费神，帮忙给指点指点。

郝先生碍于朋友的情面，说："行呀，行呀！"

过了几天，那位朋友真的就领上那个小业主来了。进门，对方提了烟酒糖茶"四色礼盒"，俨然一副拜师学艺的样子。同时，对方也带来了一些他前期的画作。郝先生展开看了两幅，点点头说："不错不错！"

其实，对方所画的那些草画，在郝先生眼里，哪能称得上是"不错不错"呢，顶天，也就是个个人喜好，涂鸦罢了。

不过，那人倒是挺虔诚的，一口一个"郝老师郝老师"地叫着。他站在郝先生跟前，一直都是手足无措的样子，脸上还不时堆着拘谨的微笑。

郝先生从那人的穿戴与长相上看，对方经销盐的买卖应该是做得不错的，左手中指上的那枚"黄箍子"（金戒指），足有女人家的顶针那样宽大。再者，那男人才三十几岁，衣衫下的"锅肚儿"都已经吃出来了。想必，他近些年来，生意做得顺风顺水。

初次相见，因为中间"搭桥"的那个朋友急着要去办理一个别的什么事情，学画的那人与郝先生没说上几句话，也就一起告辞了。

抬
鱼

事后，那人主动邀请郝先生到附近一家酒楼去坐坐。

郝先生说："不用不用，你好好画画就行了！"

在郝先生看来，但凡找上门来跟他学画的人，都是奔着画画来的，无须多余的客套。他们只要把笔下的画画好了，对郝先生来说，比请他吃燕窝都令他高兴。

郝先生的名头摆在那儿，见想请他吃饭、谋他画作的人不是一个两个，他能推辞的，尽量都婉言推辞了。

郝先生笔下的那些盐河里的小渔船，无论是逆流而上，还是顺水而下的，或是正停泊在码头上装卸货物的，他都画得很生动、很逼真。即便不是码头上熟悉潮汐的人，看了郝先生笔下那些横七竖八的小渔船，都能从中分辨出哪只船上鱼虾满舱，哪只船儿正在放空游荡。

郝先生是盐区这边土生土长的画家。年轻的时候，他也曾想天想地地做过许多事情。有一段时间，他跟着人家，还倒腾过一阵盐的买卖。后期他受小学同窗沈达霖的影响，想往仕途的道上钻，终因骨子里喜欢画画，最终还是沉下心来画画了。当然，这其中，他那位在京城为官的同窗沈达霖帮了他不少，沈达霖曾协助他在天津卫开了一家颇具规模的画店。那段时期，津门一带，包括京城里的达官显贵，知道邮传部的侍郎沈达霖喜欢他郝逸之的画儿，都不惜重金，前来购买。后期，大清倒台了，沈达霖客死于天津卫的法租界，郝逸之也就知趣地回到盐区来了。

盐区人包容着郝先生，同时也认可他笔下那些"盐河小渔船"的画儿。曾有那么一段时间，盐区这边，许多官宦人家，包括盐河两岸的茶肆、酒楼，以及盐区的沈家、谢家、吴家等几家高门

大户，都挂着他郝先生的画儿。盐业行里的那位小业主，就是选在那个时候，登门拜郝先生为师的。他三番五次地邀约郝先生下馆子。

郝先生一再说："不用不用。"

怎么说，郝先生还是个文人，他身上的文雅之气没有丢。以至于，后来他答应了对方的邀约，也没有忘记让人家节省一点儿，一再提醒对方，说："你找个小地方，我们坐下来说说话就可以了。"目的，还是不想让对方过于破费了。

可真到了郝先生前去赴约的那天傍晚，郝先生想到前几日那人登门拜见他时，所带的礼物过于贵重，郝先生随手在画案上摸过一盒印泥，想在酒桌上当作礼物回敬给对方。

那印泥，是郝先生自己用陈年的蓖麻油、松子、艾草绒、朱砂等糅合碾制的，印在宣纸上，风吹日晒，不会脱红走样。比那人使用的"红印子"强多了。当然，从另一个角度讲，对方想入"画门"，郝先生回敬他一盒文房印泥，这也是对那人的鞭策与鼓励。郝先生甚至想，酒桌上他还可以向对方传授一些画画方面的技巧。譬如构图中的留白，以及笔墨浓淡的应用。所以，郝先生在对方为他安排酒局时，他顺口示意了一句，说："酒桌上的人，不要太多。"

郝先生想利用酒桌上的时机，与对方好好说说画画的事，也不枉人家专门请了他一场。酒场嘛，两三个人，可以谈事儿，上至八九个人时，那就是喝酒、闹酒了。所以，郝先生叮嘱对方，不要把场面弄得太大。

可对方一看请到了郝先生那样的大画家，就觉得郝先生的身份不一般，应该找一个有身份的人来与他对等作陪。否则，对郝先生也显得不够尊重。

那么，请谁呢？请什么人来能压得住当晚酒宴的台面儿呢？思来想去，那位"高徒"想到了盐政司的潘向余潘课长（科长）。

潘课长是盐区这边盐业行里的老大，他手中掌管着销盐走盐的"盐引"（盐票）。学画的那位小业主，每过一段时间，都要从他手中讨得一些"盐引"，方能购得官方白花花的海盐。此番，请潘课长来作陪，一则他的身份在那儿，可以与郝先生平起平坐；再者，还可以通过那样的酒场交往，加深一下他与潘课长业务上的情感。当然，最重要的还是请他来支撑门面，给郝先生脸上好看的同时，也可以让郝先生了解一下他与盐政司里上层长官的关系。另外，那位小业主还邀约了几位盐业界的同行，也都是平时围在潘向余身边讨"盐引"的大小业主们。这里面，无非是他平时吃了人家的酒席，借这个机会，再反请人家一场。当然，那样的场合，还可以抬升他自己在同行当中的地位，长长自己的脸面呢。

郝先生不知道对方是怎样安排的，他只是掐着相约的日期，踩着点儿赶到对方说给他的那家酒楼。

进门一看，一屋子人正围在酒桌旁边的一张小方桌上打牌。学画的那位业主见到郝先生推门进来了，下意识地把手中的牌举起来，连声叫着："郝老师，郝老师，你过来打把牌！"

郝先生连连摆手，一边说"你们打你们打"，一边解释说："我不擅长那个。"

对方见郝先生不入牌局，便把手中的牌转给旁边一位相眼的

（观牌者），就手推开跟前两三把挡着他道儿的座椅，走到郝先生跟前，说："潘课长马上过来！"并说，"等潘课长一到，我们就开席。"

郝先生嘴上说着"好好好"，心里却在思量，今天这饭局，怎么还请到了潘课长呢？敢情对方不是为着画画来的。郝先生甚至想，早知道这样，他可能就改变主意了。当然，那种想法，也只是在郝先生的心中一闪，很快也就过去了。饭局嘛，什么人做东，请到什么人，那都是东家的事情。这个道理，郝先生还是懂得的。

还好，时候不大，潘课长来了。潘课长事先可能知道当晚邀请的贵宾是画家郝逸之。一见面，打老远就把手伸过来了。郝先生之前与潘课长打过交道，准确地说，是潘课长向郝先生讨过画。所以，此番两个人一见面，显得可亲热呢。

潘课长一面与郝先生寒暄，一面介绍他身边带过来的两位随从，说："这是我们课里的两位笔杆子！"言外之意，他们与郝逸之一样，都是文化人。甚至可以理解为那两位"文化人"，正好与郝逸之有共同语言。其实，他们是盐政司里写公文、记账本的，与他一个画画的，风马牛不相及呢。

但郝逸之在那样的场合下，还是满脸堆笑，与大伙一一握手言欢。

回头，酒桌上落座时，潘课长好像很自然地就站在主陪的位置上了，但他拉开座椅的一瞬间，并没有立刻坐下去，而是礼节性地示意郝逸之，说："老郝，你过来呀？"

郝先生连连拱手，说："岂敢！岂敢！"他示意潘课长，"你请！你请！"

潘课长也就没有再推辞。

酒宴开始以后，大家相互介绍时，郝先生还真是被大伙儿捧为当天晚上的座上宾，尤其是说到郝先生是大画家时，大家都投来向往和敬仰的目光，再联系到他们业界内的那位同行，也就是当晚请酒的那位"高徒"，将要在以后的日子里跟着郝先生学画，都说他遇上高人了！

那一刻，郝先生的脸上，真像是贴了金一样，笑容可掬，闪闪发光。

然而，两杯酒下肚以后，大家的话题，或者说是注意力，不经意间都转向了那位掌管"盐引"的潘向余潘课长身上。一个个争先恐后地向潘课长敬酒。以至于，饭局中场时，郝先生起身去了趟厕所，离席有大半天，大伙儿竟然没有察觉到他不在酒桌上。

是夜，曲终人散，郝先生独自走到家门口的水塘那儿，忽而摸到衣兜里装有一个硬物儿。略带醉态的郝先生，忘记那是准备送给他那位"高徒"的一盒印泥，捏在手上，把玩片刻，忽而，胳膊一抬，当作石子瓦片一样，"唰"的一下，给"嘣嘣嘣"地撒进月光盈盈的水塘里了。

抬
鱼

后 记

我和很多伟人一样，十九岁离开了自己的家乡。譬如粟裕、汪曾祺，还有我大嫂娘家那边的哥哥。

他们都是十九岁时，离开自己的故乡。

汪曾祺、粟裕，很多读书人、军事爱好者都知道，他们是一代文豪和指挥千军万马、叱咤风云的人物。我大嫂娘家的哥哥，虽然不是什么叱咤风云的人物。但他，也是十九岁离开家乡的。

大嫂的娘家哥，我也称他为哥。他在十九岁时，便是我们县上的水利测量员了。

那在我一个懵懂少年的心中，同样是一件了不起的职业！

印象中，那是一个月照极好的夜晚，大嫂那娘家哥，在我们家喝醉了酒。我送他到村后的陇北干渠那儿，他卷着舌头，指着眼前"哗哗"流淌的溪水，很是自豪地跟我说："这条陇北干渠，是我参与测量的。那年，我十九岁。"

至此，大嫂的娘家哥十九岁就很有作为的事情就深深地印进了我的脑海里。

可巧的是，五年以后，十九岁的我，考上了北方石油学院。至此，我便与粟裕、汪曾祺，还有我大嫂的娘家哥哥一样，十九岁时离开了自己的家乡。

这也就是说，故乡留给我的记忆，停留在我十九岁之前。

我五六岁时，我的家乡还有狼。

夏日的夜晚，我跟着爷爷在生产队的场院里纳凉，听到村前小河堤上的狼，"嗷嗷嗷"地嚎叫。

我爷爷便吓唬我说："听到了吧？狼叫呢！专吃不听话的小孩子！"吓得我，乖乖地听爷爷的话，听大人们的话。

后来，我读小学以后，可以离开大人们的管束，和同龄的小伙伴一起玩耍。一个大雪天里，我看到生产队的草垛子，就像蒸熟的米糕一样，一个一个矗立在雪地里，我兴奋地往那"米糕"边跑，不小心绊到了草垛旁，支棍打麻雀的线绳子。

那种"棍打麻雀"的方法很简单：雪地上扫出一小片空地儿，撒上麻雀们爱吃的麦粒或稻谷，立一个木桩为转轴，就地摆放一根木棍。木棍的一端，靠近"转轴"的地方，扯上一根细长的绳索。捉麻雀的人躲在暗处，专等麻雀落下来抢吃食物时，便在暗处猛地一扯动绳索，那根木棍，瞬间横扫过来，将正在抢吃食物的麻雀们击倒、击毙。

我在那个雪天里，不经意间绊到了同伴设下的绳索，自然也破坏了那根横扫麻雀的棍子。

那个熊孩子，不依不饶地让我去帮他把棍子重新摆放好。这很正常，破坏了人家的"打雀棍"儿，应该去帮他恢复原样。

问题是，当我把他的棍子摆放到可以击打麻雀的位置上以后，他却猛地一扯线绳，故意让那棍子击打到我的腿上了，好疼的！

那种疼痛，是小孩子的恶作剧，不至于伤到我的筋骨，但那惊心动魄的场面，却深深地印在我童年的记忆中。

我的童年，故乡没有电灯，没有一条像样的乡路。我十二三

抬
鱼

岁时，哥哥高中毕业，招工到县化肥厂上班，雨天里自行车不能在泥地里骑行，哥哥找来扁担，让我帮他把自行车抬到三里以外的东公路上去，他再冒雨骑车到县城去上班。

印象中，我读大学的第二年，我们村子里通上了电。

那一年，我在大学里刚好学到了"电工学"。回村以后，我用一片小木板，一个整流器，便在我们家堂屋里安装了一个20瓦的小电棒，雪亮!

那是我们村上的第一根电棒，连当时的小村电工，都到我们家里来，看我是怎样把电棒安装上的。

童年时，我特别喜欢听村上人讲故事。许多年以后，我把自己六七岁时听到的故事，再返回头来，讲给我八十三岁的六爷爷听。他摇摇头，说他不记得年轻时讲过那样的故事了。

我的整个青少年时期，都是在苏北，一个离海不远的乡村度过的。那时的乡村，文化生活极度贫乏，县上的电影队，一年也来不了一两回。大队的戏班子，也只是赶在每年冬闲，或是春节前后，排练那种我们小孩子都会背台词的《三世仇》《半夜鸡叫》。剩余的时光，无处消遣，我便到供销社的门楼底下，或是生产队的牛屋里，去听老人们讲故事。

无数个漆黑的夜晚，村头人家的狗，被我的脚步声给惊扰起来，引得全村的狗，都跟着午夜狂吠。

我的这本小册子，记录着我十九岁时离开故乡之前的好多人与事。尽管创作的背景，远离了我以往《盐河旧事》中，晚清至民国的那段时光，但仍不失为"旧事"儿。毕竟是我十九岁之前，记忆中的事。书中的《抬鱼》《帮厨》《大能》《照蟹》等等，都是我童年里亲身经历的故事。

我的故乡，东临大海。

所以，我的文字中，带有大海的气息。我见过海边古老的风车，"吱呀吱呀"地把海水绞进盐田的景致；我跟着小村里比我大一点儿的孩子，围在海边小码头的渔船边，去偷过人家船上鲜活的鱼虾；我放过牛，铲过青，偷过生产队的黄豆、玉米和尚未成熟的地瓜、花生。我蛊惑村里的小孩子，与外村的孩子干过群架。但我几乎年年都是"三好学生"。

我的家乡，并不像歌里唱得那样美丽。但她，是我少年时想离开，老来又梦牵魂绕的地方。

我十九岁离开家乡时，村头小河里的鱼虾，张网可及。我爷爷清早到南河沿上担水时，曾徒手捉回一只翅膀受伤的野鸭子；我在村东小石桥下，抓到过一条擀面杖样的大黄鳝。可惜的是，那条大黄鳝缠绕力太大，我把它都抓离水面了，它又从我的双手间，拧着滚儿溜走了。至今，半个多世纪过去了，我还认为那条大黄鳝就躲藏在我们村东的小石桥下呢。

殊不知，故乡的多条河流，现如今如同干瘪的母乳，早已经断流了。

当年，鱼虾啄膝的溪水不见了，围绕在溪边建起的青砖黛瓦小楼房，倒是一栋比一栋建得敞亮、气派。

谁能告诉我，那是忧？是喜？是不是我梦牵魂绕的故乡。答案，或许就在这本，由百花洲文艺出版社为我出版的《抬鱼》里。